PROCHAIN ARRET

2.LE LAB

SIMON LAFRANCE

Québec

Crédit d'impôt livres — Gestion SODEC

Gouvernement du Québec – Programme de crédit d'impôt
pour l'édition de livres – Gestion Sodec

© Les éditions les Malins inc.

info@lesmalins.ca

Éditeur : Marc-André Audet
Éditrice au contenu : Katherine Mossalim
Auteur : Simon Lafrance
Directrice artistique : Shirley de Susini
Photomontage et conception de la couverture : Shirley de Susini
Mise en page : Diane Marquette
Correctrices : Myriam de Repentigny et Chantale Genet

Dépôt légal – Bibliothèque et Archives nationales du Québec, 2019
Dépôt légal – Bibliothèque et Archives Canada, 2019

ISBN : 978-2-89657-817-7

Imprimé au Canada

Les éditions Les Malins inc.
Montréal (Québec)

Financé par le gouvernement du Canada Canada

ASSOCIATION
NATIONALE
DES ÉDITEURS
DE LIVRES

 TOUS LES LIVRES DES MALINS
SONT ÉGALEMENT DISPONIBLES
EN FORMATS NUMÉRIQUES

PROCHAIN ARRET

2. LE LAB

SIMON LAFRANCE

CHAPITRE 1

Le multivers. C'est ce que mon père a dit ce matin, quand je me suis réveillé dans son espèce de lit médical futuriste. C'est là que nous avons abouti, Jocelyn, Claudie, les autres et moi. En fait, je dis « mon père »... Mon père qui n'est pas mon père, selon lui. Le Dr Landry, en tout cas, cet homme étrange qui lui ressemble comme son reflet. Bon. Mon père à moi n'a jamais porté de cravate de sa vie. Il avait les cheveux plus longs et de moins belles lunettes, mais c'est tout. Autrement, le docteur est sa copie conforme. Il a le même visage d'enfant, les mêmes yeux bleu-gris et doux qui vous sourient.

Le multivers...

Je ne suis même pas sûr que ce soit un vrai mot. Le mot « univers » est dans le dictionnaire, lui. Par définition, l'univers comprend tout ce qui existe. Il renferme les étoiles, les systèmes solaires, les galaxies, comme dans un gros ballon soufflé à l'hélium, qui flotte et qui se gonfle à l'infini dans le néant. Sachant ça, le multivers, de son côté... « Multi » est un préfixe. Ça veut dire « plusieurs », comme dans les céréales « multigrains ». Dans ce cas-là, le multivers, serait-ce d'autres ballons qui flottent à côté du nôtre ? Serait-ce le bouquet au complet, retenu par des ficelles ?

Le simple fait d'y penser me donne mal à la tête. Je sens celle-ci comme un ballon sur le point d'exploser, justement.

Quel jour sommes-nous ? Vendredi, si ma mémoire dit vrai. Toute la semaine, Claudie, Jocelyn et moi avons été pourchassés par cette espèce d'extraterrestre fantomatique, qui apparaissait de nulle part et disparaissait à la vitesse de la lumière – littéralement ! Il a enlevé plusieurs de nos amis : Théodore, Ludovick et ma sœur Noémie, pour ne nommer que ceux-là. Claudie et Jocelyn ont suivi, puis j'ai sauté moi aussi, avant de les perdre à jamais.

Combien de temps Elliot et les autres sont-ils restés derrière, mal amanchés au fond du *pit* ? À l'heure qu'il est, la police a dû sonner l'état d'urgence. Nos visages doivent tourner en boucle sur toutes les chaînes de télévision. Ils ont dû être partagés des milliers de fois sur les réseaux sociaux. Rien pour rassurer nos parents, c'est sûr.

Ma pauvre mère...

Je l'imagine enfermée dans sa chambre, au bout de ses larmes. Le cœur me pince, mais pas longtemps. Les remords s'envolent quand je touche au pansement à mon oreille. C'est là que ma mère m'a coupé, hier, en me frappant à la tête. Ça suffit à dissiper l'émotion.

— Hé, Gaby, t'es correct ? me demande Claudie.

— Hein ? Haha... Ben ouais...

Ma plus vieille amie est assise à ma gauche, sur le coussin central du divan modulaire. Elle m'a laissé la place avec la méridienne pour que j'y repose ma cheville endolorie. Ses longs cheveux lisses couleur de sable tombent sur ses épaules, qui flottent dans un coton ouaté trop grand pour elle.

— T'es sûr ? insiste-t-elle. Si ça fait encore mal, il y a des pilules dans l'armoire des toilettes. Je peux aller voir c'est quoi.

— Arrête, je te dis. Regarde, j'ai même pas mal !

Esquissant un sourire exagéré, je me flanque une pichenette sur le pansement pour le lui prouver – ouch ! Claudie roule les yeux en hochant la tête, puis nous redirigeons notre attention vers les hologrammes qui s'animent partout dans la salle de repos.

— C'est fou pareil, la technologie, ici, dit-elle en les contemplant. Toutes des choses qui existent de notre côté, mais en tellement mieux.

— Hum, ouais...

De « notre côté »… Mais de notre côté de *quoi*, exactement ? Ce n'est pas la première fois qu'elle choisit ces mots. Et quand je lui demande de m'éclairer, c'est toujours la même réponse : c'est compliqué, le Dr Landry tient lui-même à me l'expliquer à son retour.

Assis face à nous, Jocelyn ne tient pas en place sur son fauteuil. Il gigote sous son chien pug, qui roupille sur ses larges cuisses. Celui-là est roulé en une boule de petits bourrelets poilus. Je me souviens de l'expression d'horreur sur le visage des filles quand la bête a sauté dans la lumière, à la suite de son maître, au *pit*.

Jocelyn aussi est vêtu d'un ensemble en coton ouaté. Le sien est gris pâle, cependant ; les nôtres, bleu marin.

— Hé, les *noobs* ! dit-il en pointant ses index devant lui, comme s'il tenait un révolver dans chaque main. Aidez-moi donc un peu à la place de vous faire des mamours. On est en train de se faire encercler solide !

— Ouais, ouais, calme-toi, de répliquer Claudie. Dis « mamours » une autre fois pis je te tire dans les jambes.

Jocelyn pouffe de rire. Comme nous, il porte une paire de gants noirs recouverts de voyants lumineux. Ces lumières sont en fait des senseurs. Les images holographiques hyper réalistes du jeu sont produites par un projecteur suspendu au centre de la pièce, et ces gants nous permettent de les manipuler. Nous avons joué à des jeux vidéo tout l'après-midi. Celui-là se nomme *Never Dead III* : un jeu de zombies assez violent et sanguinaire pour faire perdre connaissance à ma prof d'éthique et culture religieuse si elle nous voyait y jouer.

—Attention, mon Claude, surveille ton six ! prévient Jocelyn.

Se tordant sur le fauteuil, il ouvre le feu sur la horde de zombies qui déferlent vers notre position : quatre d'entre eux s'écroulent sous nos yeux. Claudie, de son côté, n'attend pas qu'on le lui répète. Elle dégoupille une grenade virtuelle, qu'elle lance dans la marre d'ennemis répugnants. Leur chair en putréfaction s'enflamme comme de la graisse.

—Oh ouais ! s'écrie-t-elle. Haha ! C'est qui le *noob*, tu disais ?

—Pff ! Moi aussi, j'en ai, des grenades incendiaires. Je m'en sers pas parce que je veux me donner un vrai déf... Merde ! Gaby ! Attention !

Distrait par leur bras de fer amical, je ne surveille pas mes arrières : oh, couilles ! Un mort-vivant sorti de nulle part m'attrape par le bras et tout dégénère. L'hologramme me mord au poignet, le sang gicle de partout. Jocelyn recharge ses révolvers, mais des créatures le surprennent à son tour. Il est pris d'assaut, restreint par cette nouvelle vague d'ennemis qui le désarment en deux temps, trois mouvements. Mes points de vie fondent comme *slush* au soleil, puis mon interface tourne au vert : je suis transformé en mort-vivant féral et affamé. Sans que je puisse rien y faire, je me jette sur Jocelyn, pour le dévorer vivant.

— Merde ! grogne Jocelyn.

Les images virtuelles nous entourant s'altèrent. Elles plongent le salon dans une lumière rouge et sombre. Les mots « partie terminée » flottent au centre de la pièce, dégoulinants de sang et de morceaux de cervelle.

— Hehehe, glousse Claudie quand le tableau des points individuels apparaît. Sixième partie aujourd'hui, sixième fois que je vous plante !

Elle ordonne au projecteur de s'éteindre, et la demi-sphère au plafond s'éteint aussitôt. Nous sommes plongés dans l'obscurité, puis les murs autour de nous se mettent à changer : leur apparence blanche et opaque retrouve sa transparence, laissant entrer la lumière du jour comme le feraient de larges baies vitrées. Jocelyn, lui, n'est pas d'humeur à rire. Ruminant sur le fauteuil, les poings fermés sur les appuie-bras, il nous toise d'un regard teinté de reproche.

— Ben ouais, mon Claude ! C'est facile de gagner quand la vague arrive pis que tu pars te cacher ! T'étais où, encore ?

— J'étais en haut de toi sur le tableau ! lui répond Claudie avec un clin d'œil bien baveux.

— Pis Gab, ça fait trois fois que tu nous chies dans les mains. C'est toi qui es censé me couvrir, on l'a dit tantôt. Qu'est-ce que t'as, coudonc ?

Je hausse les épaules, plaidant l'innocence. Mais Claudie n'achète pas ma salade. Elle m'observe d'un oeil préoccupé.

— C'est la fatigue, c'est ça ? me demande-t-elle. As-tu des nausées ? On peut prendre une pause, si tu veux.

— Non, je te le jure ! Je me sens vraiment bien. On en joue une autre ?

Je me redresse sur la méridienne, souriant à pleines dents pour qu'elle me laisse enfin tranquille. Mais ma cheville en compote se tord dans le mouvement et je réprime une grimace de douleur. Claudie n'est pas dupe. Jocelyn non plus, je suppose, mais lui, il n'a d'intérêt que pour ses points : il ordonne au projecteur de se rallumer.

Les grandes fenêtres de la salle de repos s'opacifient de nouveau, et j'en profite pour jeter un dernier coup d'œil à l'extérieur.

Nous sommes au troisième ou au quatrième étage d'une tour à bureaux, je dirais. Un vaste terrain de verdure nous entoure, lui-même ceinturé par des arbres pour une plus grande intimité. Ceux-ci ont la couleur qu'ils avaient de « notre côté », c'est déjà ça. Leurs feuilles varient du jaune à l'orange brûlé. Finalement, il y a ce chemin bordé de luminaires, qui relie le stationnement à la rue passante. Une rue aux airs familiers que je contemple longuement. Peut-être reconnaîtrais-je les maisons qui la longent si je les regardais d'un point de vue différent ? En bas, depuis le trottoir où je jurerais avoir déjà marché.

Je retire ma vieille casquette usée, celle que mon vrai père m'avait donnée il y a des années. Hier, je croyais l'avoir perdue pour de bon, quand elle a disparu dans la lumière. Puis mon faux père me l'a rendue ce matin. J'apprécie le geste, mais s'il espérait qu'elle suffise à me réconforter, c'est raté. Elle soulève à elle seule un tas de questions : grise et bleue, ses couleurs délavées étaient autrefois celles des cotons ouatés que nous portons aujourd'hui. Non seulement ça, son logo « LAIR » apparaît aussi sur la poitrine de nos survêtements...

Les fenêtres retrouvent leur blancheur. Il n'y a plus rien à voir. Les hologrammes du jeu et leurs grognements lugubres nous replongent dans l'univers post-apocalyptique de *Never Dead III*. Jocelyn se remet à gigoter sur le fauteuil, la langue pendue. Le chien sur ses cuisses choisit ce moment pour descendre, possiblement fatigué de se faire brasser les plis de peau.

— OK, les *noobs*, vous êtes prêts? nous demande Jocelyn sans vraiment attendre notre réponse.

Il lance la nouvelle partie et je replace ma casquette sur ma tête, en pressant le ruban adhésif autour de son attache brisée pour réactiver les dernières particules de colle. Je lève les mains en position. Prêt à mitrailler des hordes de zombies, mes gants de contrôle clignotant dans l'obscurité, je jette un œil à Claudie, qui me regarde encore comme si j'étais un chiot malade dans un refuge. Elle pose une main sur mon avant-bras.

— Qu'est-ce qu'il y a, encore?

— Viens avec moi.

Elle se lève en me tirant par le bras.

— Hé! Minute!

Je m'appuie sur elle pour ne pas perdre l'équilibre, pendant que Jocelyn reconfigure la partie en mode solo.

— *Frenche*-le pas trop fort, mon Claude, tu vas le briser, lâche-t-il par-dessus les cris gutturaux des premiers morts-vivants.

Ignorant son commentaire, Claudie me guide à travers un couloir stérile, dont les murs sont du même blanc que ceux de la salle de repos. Des néons nous éclairent d'un bout à l'autre du plafond. À mi-chemin, il y a une enseigne «SORTIE», qui brille au-dessus de la porte donnant sur la cage d'escalier, puis un ascenseur juste à côté.

Suivis par le pug en haleine, nous passons devant une demi-douzaine d'anciens bureaux réaménagés en dortoirs, où des lits superposés ont remplacé le mobilier. La dernière pièce du couloir sert pour sa part de cuisinette. Nous y entrons. Je suis entraîné vers la grande baie vitrée, où se trouve la table à manger. Claudie m'indique une chaise sur laquelle m'asseoir, avant de s'installer face à moi.

— Bon, commence-t-elle. On est juste nous deux, là. Ici, Jocelyn te cognera pas si tu parles de tes émotions. Vas-tu me dire ce que t'as ?

Je pousse un long soupir.

— Rien, je te dis !

Une réponse qui ne lui convient pas. Claudie retire ses gants de contrôle pour mieux me flanquer un coup sur l'épaule.

— Ayoye !

— Parle, tête de con. Tu penses à ta mère ?

— Hein ? Ben non, tu le sais. Elle a sûrement rien remarqué encore.

— Menteur. Pis ton père ? Ça te fait quoi de le revoir ?

Je m'efforce de ne pas réagir.

Mon père, le vrai aussi bien que le faux, il disparaît à la première occasion. Nous ne l'avons pas revu depuis mon réveil ce matin. Il s'est présenté à moi, il m'a promis un tour de la propriété, il m'a dit qu'il répondrait à toutes mes questions, et pouf! Comme de fait, une urgence à son laboratoire l'a «forcé» à nous abandonner ici.

—Clau, mets-toi à ma place. Ça fait combien d'années que je l'ai pas vu? Il débarque de nulle part comme un Martien, il vous enlève toute la gang, mais pas moi, pis là, quand je saute finalement, il me dit qu'il est pas mon père, pis il s'en retourne travailler comme si de rien n'était. Il y en a pas un de vous autres qui veut me dire où est-ce qu'on est. Ça suce en ta...

Elle a une moue compatissante. Je baisse les yeux vers le chien qui s'est installé sur un petit tapis pour se lécher l'entrejambe.

—Regarde, ton père, euh, le Dr Landry, je veux dire... Il nous a demandé de pas trop t'en dire avant lui. Mais c'est pas contre toi, c'est juste compliqué, son affaire. Il paraît que Théo a capoté ben raide quand il a essayé de lui expliquer.

—Hein! Théo est ici?

—Hé. C'est moi qui parle.

— Ah. Excuse...

Si Théo est passé par ici, c'est donc que les autres ne sont pas loin, eux non plus. Ça veut dire que je reverrai bientôt Ludovick. Et ma sœur aussi...

— Je disais, reprend-elle, je peux pas t'expliquer où on est pis ce que ça veut dire, mais il y a peut-être quelque chose que je peux te montrer.

Claudie se tourne alors sur sa chaise. Étirant le doigt vers la grande fenêtre derrière nous, elle attire mon attention vers quelque chose, au loin.

— Là, la bâtisse en briques rouges. Tu la reconnais pas ?

— Euh...

Je place ma main en visière pour protéger mes yeux du soleil couchant. La seule bâtisse en vue qui ne soit pas un immeuble à logements n'est pas très grosse. De l'autre côté des arbres, elle est érigée au centre d'une grande cour asphaltée. Je reconnais les deux paniers de basketball, tout près des cases de marelle, puis les filets de soccer, sur l'herbe, plus loin. Juste avant ces terrains de jeux se trouve un carré de sable équipé de modules de jeux pour enfants...

— Hein ! C'est-tu...

— En plein ça. C'est l'école des Premiers pas.

L'école des Premiers pas! Mon ancienne école primaire! Pas plus tard qu'hier, Jocelyn et moi en avons traversé la cour sur nos vélos, pourchassés par une auto-patrouille.

— Mais attends… Comment…

— On te l'a dit ce matin : on est sur la planète Terre, OK? On respire de l'oxygène, tout va bien aller.

— Ouais, non, ça, je l'avais compris. Mais là, si on voit l'école de derrière, à cette hauteur-là, ça veut dire que la bâtisse ici est…

— Ouais! On est au beau milieu du *pit*.

C'est bien ça. De «ce côté-ci», dans je ne sais pas quel multivers nous sommes, il n'y a plus de *pit*. Plus d'excavation. Le terrain abandonné, son bois et son trou dans lesquels nous avons affronté la lumière n'existent plus. Ils ont donné leur place à cet immeuble et à son grand terrain vert. La rue que je croyais reconnaître par la fenêtre de la salle de repos est nulle autre que le chemin du Héron. Non seulement sommes-nous sur Terre, nous sommes à L'Avenir. Nous ne sommes jamais partis.

— Claudie, le multivers de mon père… de son sosie, je veux dire… Est-ce que c'est comme des univers para…

Ding! Sous les effets sonores du jeu vidéo, qui retentissent sur tout l'étage, un signal se fait entendre. Comme une cloche ou la sonnerie d'une grillette. Claudie et moi échangeons un regard :

l'ascenseur! Nous surgissons de la cuisine aussitôt, moi boitant devant, elle suivant derrière. À mi-chemin du couloir, un voyant brille au-dessus des portes de l'ascenseur. Celles-ci glissent pour s'ouvrir, dessinant une raie étincelante et grandissante sur le plancher et le mur d'en face : le Dr Landry émerge de la lumière.

Le col de sa chemise est ouvert. Sa cravate dénouée pend autour de son cou. La tête tombante, il a les mains plongées au creux des poches de son grand sarrau blanc. Je m'immobilise d'un coup, comme si j'avais pilé dans des sables mouvants. Claudie et le pug au trot me devancent pour le rejoindre. Nous apercevant du coin de l'oeil, le sosie de mon père se tourne dans notre direction.

— Bonjour, docteur ! dit Claudie pour l'accueillir.

—Ah ! Claudie, Gabriel... Je suis sincèrement désolé de vous avoir fait attendre, un problème au laboratoire demandait mon attention immédiate.

— C'est grave ?

— Non, non, pas du tout, la rassure-t-il avec un large sourire fatigué. Une petite expérience qui refusait de... collaborer, disons.

—Ah, OK !

Il tourne la tête vers le boucan en provenance du salon.

— C'est Jocelyn que j'entends jouer? Les holojeux vous plaisent?

— Ouais! C'est cool en sale! lui répond notre ami par-dessus les explosions et les plaintes macabres des morts-vivants.

— Magnifique! Je n'étais pas sûr que vous les aimeriez. D'anciens collègues y jouaient, je n'y ai personnellement jamais touché.

Le sosie de mon père s'exprime étrangement. Je l'avais remarqué ce matin, mais cette fois, c'est frappant. Il mord dans chaque syllabe et prononce tous ses « ne » comme un professeur de français qui voudrait bien paraître devant sa classe. L'air crevé, il s'efforce de garder le sourire. Quand il parle à Claudie, en tout cas. Moi, c'est à peine s'il m'a adressé un mot. Il remarque que je le fixe et se tourne finalement dans ma direction.

— Et toi, Gabriel. Comment te sens-tu?

— Je, euh...

Argh! Je sais que ce n'est pas mon père, mais sa voix, son regard... C'est plus fort que moi, j'ai des papillons plein l'estomac. Claudie comprend vite ma nervosité. Elle redirige la conversation vers elle, dans l'espoir de la dissiper.

— Je pense qu'il a beaucoup de questions à vous poser, docteur. Mais moi aussi, pour être honnête, j'en ai encore pas mal.

Il se racle discrètement la gorge.

— Oui, bien sûr. C'est normal. Il est grand temps de vous éclairer sur les raisons de votre séjour ici.

— Cool! se réjouit Claudie en mon nom. Mais il y a moyen de faire ça en mangeant? On commence à avoir faim, je pense.

D'un coup, les sons de viscères charcutés arrêtent complètement. Les lumières rayonnant depuis la salle de repos cessent de se mouvoir : Jocelyn a fait pause. Ses pas lourds sur le plancher le précèdent dans le couloir, où son chien le rejoint.

— Quelqu'un a dit « manger »? Quand ça? Ça me creuse en dedans! s'exclame-t-il en prenant le pug dans ses bras. Ah, pis Ti-Caca aussi a sûrement faim. Il y a quelque chose pour lui?

Je sens mon visage se crisper. Ti-Caca? Attends, c'est comme ça qu'il a nommé son chien? La pauvre bête. Elle lèche les grosses joues roses de son maître en remuant dans ses bras.

— Eh bien, oui... J'imagine que nous pouvons lui trouver quelque chose, répond le sosie de mon père. Mais pas ici, j'en ai bien peur. D'ailleurs, pendant que j'y pense... Gabriel? reprend-il à mon intention. J'ai cru que tu apprécierais ceci.

Ouvrant ses bras de côté, les mains pointées vers le sol, il recule d'un pas prudent. Il prononce les mots « En marche »; un mécanisme s'active et des tiges en métal, téléscopiques et rouges, jaillissent de l'ouverture de ses manches. Elles vont toucher le sol tandis que des poignées se détachent de l'ensemble et s'élèvent dans les paumes du docteur.

— J'espère que tu aimes la couleur, ce sont les seules qu'il me reste...

— Wow! C'est ben cool! s'exclame Jocelyn.

— Ce sont des béquilles intelligentes, une de mes premières inventions. Ultra-légères, résistantes. Elles sont équipées de microsenseurs qui les calibrent automatiquement au marcheur. Quand on s'assoit ou si on monte ou qu'on descend un escalier, elles s'ajustent là aussi.

Le sosie de mon père rétracte les béquilles, puis il retire son sarrau pour détacher les dispositifs fixés à ses avant-bras. Il me les tend avec un large sourire. Je le regarde un instant, les yeux gros comme deux Pokéballs : il est sérieux? J'accepte les béquilles en soufflant un « merci » timide.

— Bon! Maintenant, nous pouvons y aller, conclut-il. Suivez-moi au rez-de-chaussée, nous allons traverser à la maison.

— La maison? Quelle maison? s'interroge Claudie.

— Eh bien, la mienne. Je l'ai fait construire juste à côté.

— Hein ! Pis c'est là qu'est la bouffe ? de s'assurer Jocelyn.

— C'est bien ça.

Notre groupe se rapproche de l'ascenseur. Le docteur formule une commande vocale qui déclenche l'ouverture des portes. Alors qu'ils entrent dans la cabine, chacun de mes amis bombarde notre hôte de questions à propos des béquilles, des holojeux et de toutes ces autres créations inusitées qu'il pourrait nous montrer ce soir. Moi, je n'ai pas encore bougé. Planté au milieu du couloir, mes béquilles en mains, ce n'est pas aux mille et un gadgets que je pense. Je pense à la lumière et à la combinaison ; je pense à ma casquette et à son logo ; je pense au *pit* et à l'endroit où il devrait normalement se trouver. Puis, quand les regards dans l'ascenseur se tournent vers moi et que mon père qui n'est pas mon père m'interpelle, c'est une tout autre question qui se formule dans mon esprit :

— Est où ma sœur ?

CHAPITRE

2

La maison du Dr Landry est un peu plus loin sur le vaste terrain vert. C'est une grande maison moderne de style industriel, avec sa façade toute en fenêtres. Celles-ci découvrent l'intérieur des pièces sur deux étages, comme une maison de poupée géante à travers laquelle il est possible de regarder vivre les résidents. Je l'avais aperçue en allant aux toilettes tout à l'heure, mais j'avais présumé qu'il s'agissait d'un deuxième pavillon du laboratoire. De loin, j'en suis sûr, un passant sur le chemin du Héron ne saurait dire quelle bâtisse sert de résidence et laquelle renferme le LAIR.

Ouais, ça aussi, je l'ai appris en sortant de l'édifice : les quatre lettres brodées sur ma casquette et nos cotons ouatés, une grosse enseigne fixée à l'immeuble révèle ce qu'elles signifient. Ce sont les initiales du Laboratoire d'avancement et d'innovation pour la réhabilitation, la compagnie privée de recherche et de développement scientifique fondée par le sosie de mon père, nous raconte-t-il en marchant.

— Vous verrez, dit-il, la maison est bien plus confortable qu'elle en a l'air. Je l'ai fait construire il y a quoi, quatre ans maintenant ? Elle me permet de garder un œil sur les opérations et de répondre rapidement aux urgences.

Il ouvre la marche sur le pavé reliant les deux bâtiments. Claudie le suit de près, tandis que Jocelyn me tient compagnie à l'arrière. Ti-Caca bondit dans l'herbe, s'arrêtant aux deux mètres, reniflant une plate-bande ici, un arbuste là, puis urinant en levant la patte, avant de reprendre sa course. Son halètement sonne comme la toux sèche d'un fumeur endurci.

— Nous y voici, dit notre hôte en arrivant sur le seuil de la porte double.

Les deux battants lisses et sombres nous surplombent comme le pont-levis d'une forteresse. Je doute qu'elles s'ouvrent en s'abaissant, mais, à la manière des passerelles médiévales, ni l'une ni l'autre de ces portes ne comprend de poignée.

— J'espère que vous saurez vous habituer à mon programme d'assistance domestique, poursuit-il. Il peut parfois se montrer... capricieux, disons.

Claudie fige sur place. La bouche tombante, elle s'émoustille comme si Marty McFly venait de la demander en mariage.

— Non, c'est pas vrai ! Comme genre Siri ou Google Home ?

— Eh bien, oui, en quelque sorte.

Jocelyn et moi échangeons un regard, peu impressionnés. Lui, il ne comprend peut-être pas l'attrait d'un programme du genre ; moi, ce ne sont pas les gadgets qui m'intéressent de l'autre côté de ces portes. Aussi intelligents soient-ils.

— Mais ces programmes sont limités, reprend le docteur. C'est pourquoi j'ai créé mon propre modèle. Il prend soin de la maison en mon absence et m'aide aussi au laboratoire de temps à autre.

Il pointe le haut des doubles portes. Au-dessus d'elles est fixée une demi-sphère de verre teinté. Similaire au projecteur holographique, celle-ci est considérablement plus petite, moins proéminente. Le dispositif doit renfermer un tas de capteurs capables d'analyser leur environnement. En son centre brille un voyant vert évoquant l'iris d'un œil cybernétique.

— C'est donc ben cool ! s'exclame Claudie, en pleine extase. Le programme a la voix d'un homme ou d'une femme ? Comment vous l'avez appelé ?

Un sourire timide se dessine sur le visage du docteur. Pour toute réponse, il se tourne face à la double porte en ouvrant grand les bras.

— Sésame, ouvre-toi !

Un mécanisme s'enclenche au son de sa voix, puis les portes s'ouvrent lentement vers l'intérieur. Une voix masculine synthétique s'élève alors. Depuis quel haut-parleur ? Ça, je l'ignore. Je n'en vois aucun. Mais elle sonne aussi fort et aussi clairement que si quelqu'un s'était présenté sur le seuil, devant nous.

— Bonjour, docteur. Claudie Bégin, Jocelyn Thibault, Gabriel Landry, bienvenue à la résidence Landry. Je suis Sésame.

Entendant cela, Jocelyn change spontanément d'attitude : il s'excite comme un enfant au matin de Noël. Il sautille sur place en énumérant toutes ces choses qu'il n'aura plus jamais à faire lui-même, comme éteindre les lumières ou tirer la chasse d'eau. Claudie, de son côté, voit ses ardeurs se refroidir.

— Docteur, vous avez nommé votre intelligence artificielle… Sésame ?

Il rigole, ne s'assumant visiblement qu'à moitié.

— Eh bien, oui, pourquoi pas ? Toute mon enfance, j'ai dévoré les contes des *Mille et une nuits*. *Ali Baba et les quarante voleurs* était mon préféré. J'avais toujours rêvé de prononcer un mot magique pour entrer dans mon antre secret.

— Ouais, ouais, c'est… original.

Voyant que Claudie ne partage pas son amour des vieilles histoires, le sosie de mon père clôt le sujet. Il nous invite à entrer, après quoi il ordonne à Sésame de réorganiser la maison pour trois nouveaux invités.

— Sans problème, docteur.

À ces mots, des grondements sourds se font entendre depuis l'intérieur de la maison, comme si des mécanismes s'activaient. Par la double porte ouverte, nous entrevoyons des portions de murs et de plancher s'éloigner les unes des autres, s'imbriquer entre elles pour agrandir l'espace. Notre hôte le premier, nous pénétrons l'aire ouverte de la maison vivante. À notre gauche, dans le coin salon, un divan modulaire s'assemble sous nos yeux ; à notre droite, un bureau massif disparaît sous le plancher, pendant qu'au fond, les comptoirs de la cuisine sont réorientés. Trois chaises supplémentaires se détachent de la table à manger, qui s'allonge en pivotant légèrement.

Juste. Wow...

Privés de leurs murs pour les diviser, ces espaces sont délimités par différents niveaux de plancher. Un large escalier trône au centre de la vaste maison, dans laquelle sont dispersés cinq ou six yeux intelligents. Ils brillent de leur vert éclatant. Claudie et Jocelyn à mes côtés ont des étoiles dans les leurs. J'en ai sûrement aussi, mais je scrute l'endroit autant que je l'admire. Le rez-de-chaussée est vide. L'angoisse me pince au ventre et je rétracte mes béquilles.

— Noémie! que je crie en m'approchant de l'escalier. No! T'es où?

Pas un mot. Pas un son. C'est pourtant ici que le docteur m'a assuré que je trouverais ma sœur!

Qu'il ait le visage de mon père ou non n'a plus aucune importance, il m'a fait perdre assez de temps: les mâchoires serrées, je me tourne vers lui quand un bruit retentit. Un genre de craquement de lit, duquel on viendrait de descendre. Des bruits de pas étouffés se font entendre au-dessus de nos têtes. Nous levons les yeux au plafond pour les suivre jusqu'au sommet de l'escalier: deux pieds chaussés de bas de coton apparaissent sur la marche supérieure.

— Gaby? C'est toi? fait une voix féminine en descendant quelques marches.

— Noémie!

Elle est là! En chair et en os! Elle aussi est vêtue des mêmes cotons ouatés que les nôtres. Les siens sont gris comme ceux de Jocelyn, ses longs cheveux bruns sont attachés en un gros chignon mou, le pansement sur sa joue se plisse quand elle sourit.

Noémie dévale les marches restantes. Elle accourt à bras ouverts et je sautille pour la rejoindre, cognant ma cheville par mégarde sur le rebord du palier – aouch! Noémie m'étreint et la douleur s'envole aussitôt.

— No! Je t'ai cherchée partout, je pensais que t'étais morte!

— Ah non! Je m'excuse, Gaby, dit-elle en essuyant ses larmes. Je suis désolée... Toute la semaine, j'ai voulu te parler, mais c'était pas possible...

Il n'y a pas de doute, ce n'est pas un sosie. Les pansements sur son visage et ses mains sont collés aux endroits où elle s'était coupée sur l'horrible vidéo de son enlèvement.

— As-tu mal? Ta vidéo, c'était...

— Non, non, ça va mieux. Mais attends une minute, toi. Qu'est-ce que tu fais ici? me demande-t-elle en apercevant mon oreille bandée. Tu t'es blessé? Ah, pis ta cheville! Gabriel Landry, qu'est-ce que t'as fait à ta cheville?

Elle s'éloigne un peu pour mieux constater mon enflure. Il faut dire que le bandage lui donne l'air d'être trois fois plus grosse.

— Rien, rien, je suis tombé d'une fenêtre...

Ses grands yeux s'élargissent davantage.

— Mais t'es fou!

— Tout le monde était en train de disparaître, il fallait faire quelque chose! Je me suis poussé de la maison pis... pis on est allés au *pit*, parce que c'est là que la lumière vous avait pris, toi pis Théo pis Ludo. La lumière est revenue pis on l'a électrocutée ! Mais après, elle a pris Jocelyn, pis... pis elle a pris Claudie, pis...

— Pis t'as voulu les sauver, m'interrompt-elle. C'est correct, ça va aller...

Noémie me ramène dans ses bras, qu'elle serre de toutes ses forces autour des miens. Elle glisse une main dans mes cheveux, à l'arrière de ma tête, et elle m'embrasse sur le front. En temps normal, je la repousserais sur-le-champ. Je sais qu'on nous observe. Mais aujourd'hui, je la laisse faire. Jocelyn pourrait me traiter de chochotte, je n'en ai rien à battre.

La voix synthétique de Sésame se réactive autour de nous.

— Noémie, Gabriel, des mouchoirs sont à votre disposition en cinq endroits, dans la maison. La boîte la plus près se trouve dans l'aire de séjour, derrière vous.

— Merci, Sésame, de lui répondre ma sœur.

Des larmes roulent sur ses joues. Elle me libère de son étreinte et s'éloigne en direction du coin salon. De l'autre côté des grandes fenêtres, le soleil a maintenant disparu derrière la cime des arbres. Les luminaires longeant le pavé se sont allumés en prévision de la nuit.

— Bon ! lâche le sosie de notre père. Je vous en prie, tout le monde, installez-vous au salon. Je vais m'occuper du souper. Ensuite, nous parlerons.

Claudie propose de lui porter assistance. Il accepte volontiers son aide et elle le suit au coin cuisine lorsqu'un bruit me surprend par-derrière :

— Pssst ! fait Jocelyn à mon oreille.

Je tourne la tête en essuyant mes yeux sur ma manche. J'appréhende ses niaiseries, mais l'ancien tortionnaire m'adresse un regard complice. Il hausse un sourcil en inclinant sa tête d'ours vers... Noémie ?

— Qu'est-ce que t'as ?

— Ben là... Ta sœur, mon Gab.

Tandis qu'elle se mouche près du divan, il s'approche en lui tournant le dos.

— Je me suis battu pour toi, hier. Tu m'en dois une, je pense.

Et son sourcil percé qui se remet à danser : c'est vrai, je l'oubliais ! Pour le rallier à ma cause, je lui avais révélé que Noémie faisait partie des victimes. Ses poings dans mon ventre m'avaient confirmé qu'il avait toujours eu un faible pour son ancienne gardienne.

— Joce! Non! que je m'exclame à voix basse. Tu restes loin de ma sœur!

Mais Jocelyn ne veut rien entendre. Feignant l'innocence, il tourne ses grosses joues rondes vers Noémie, quand elle revient vers nous.

— Les gars, pouvez-vous mettre la table? Je vais les aider avec le souper.

— Avec plaisiiir, Noémie, lui répond la brute sur un ton dégoulinant d'affection.

Beurk! Ark! Dégueulasse!

Ma sœur le remercie. Elle va rejoindre Claudie et le docteur dans la cuisine, tandis que Jocelyn place ses mains en porte-voix:

— Quoi, mon Gaby? Tu te sens pas bien? Mais bien sûr que tu peux aller t'étendre sur le divan! Je vais mettre la table tout seul.

Ses grands airs amoureux sont remplacés par l'expression malicieuse que je lui ai toujours connue. Il me lance un clin d'œil en se dandinant vers la table à manger. Moi, je reste planté là, au pied de l'escalier, les yeux ronds et complètement bouché.

Bien joué, Jocelyn. Très bien joué...

CHAPITRE
3

Le souper est servi trente minutes plus tard. Du spaghetti à la sauce bolognaise avec des cornichons et du pain croûté – une rare chose de normale dans cette maison ! La nuit a terminé de s'installer. Mis à part les halos des luminaires sur le terrain, on ne voit pas grand-chose de l'autre côté des grandes fenêtres. À l'avant, ce n'est pas si pire. Il y a aussi les lampadaires longeant le chemin du Héron, dont les rayons s'étirent à travers la lisière d'arbres à moitié décoiffés. À l'arrière de la maison, par contre, où les bois nous isolent des terrains voisins, c'est là que les ténèbres sont les plus épaisses. Et les plus inquiétantes...

Mais nous l'avons appris cette semaine : le vrai danger ne se cache pas dans l'ombre, il se fond dans la lumière.

Assises d'un côté de la table, ma sœur et Claudie se racontent leur vie en mangeant leurs pâtes. Il y a des années qu'elles ne se sont pas vues. Depuis le déménagement de mon ancienne nouvelle meilleure amie, en fait. Noémie lui parle du cégep et du travail, tandis que Claudie lui décrit son nouveau quartier – son *vrai* nouveau quartier, devrais-je dire, pas le tissu de mensonges qu'elle m'a si longtemps raconté.

Note à moi-même de le lui remettre sous le nez.

Pour un homme qui prétend ne pas être mon père, notre hôte ne s'est pas gêné pour s'asseoir au bout de la table, à «la place du patriarche». Il plaisante et sourit, mais je ne le sens pas... Tant qu'il ne nous aura pas tout dit, je préfère l'avoir à l'œil. C'est pourquoi je voulais m'asseoir face à lui, mais Jocelyn m'a devancé à l'autre extrémité de la table – évidemment! Tout pour se rapprocher de sa belle Noémie. Résultat: je moisis seul de mon côté, pris en sandwich entre le sosie de mon père et mon ancien tortionnaire, qui fait les gros bras pour impressionner ma sœur.

— Alors, Gabriel, de commencer le docteur, je présume que tu as une question ou deux. C'est normal, tes amis en avaient tous. Si tu te sens prêt à parler, je le suis aussi.

Si j'ai «une question ou deux»? J'inspire une grande bouffée d'air. Les valves s'ouvrent:

— C'est quoi le multivers? Il est où, notre père, si c'est pas toi? Pourquoi tu nous as emmenés de force ici? Il est où Ludovick? Pis Théo? Pis les autres? Qu'est-ce qui est arrivé au *pit*? Comment ça se fait que j'ai une casquette avec le logo de ton laboratoire? Quand est-ce qu'on rentre à la maison? Est-ce qu'on peut appeler nos parents ? Nos vrais parents, je veux dire. Vas-tu nous faire mal ?

Noémie passe près de s'étouffer en m'écoutant le mitrailler de la sorte.

— Gaby ! Une question à la fois, m'ordonne-t-elle.

— C'est correct, rétorque le docteur en rigolant. Il y a autre chose, Gabriel ?

Les yeux rivés sur lui, je bois une grande gorgée d'eau.

— Je veux un *pickle*.

— Bien sûr, dit-il en poussant vers moi le pot de vitre.

Plongeant ma fourchette dans la marinade, je pêche le plus gros cornichon du lot. Mais j'accroche ma prise sur le rebord du pot et elle retombe dans son jus, qui m'éclabousse le nez. Claudie et Jocelyn se foutent de ma gueule.

— Si tu le permets, reprend notre hôte, je vais d'abord me présenter. Je suis le Dr Philippe Landry, ingénieur physicien. J'ai travaillé à la solde du gouvernement pendant de nombreuses années, avant de fonder mon entreprise. Ça avait toujours été mon rêve de diriger mon propre laboratoire, de changer le monde avec mes découvertes.

Je jette un œil autour de la table. Claudie, Noémie et Jocelyn ont déjà entendu ce récit. Pourtant, ils sont là à l'écouter avec attention. Il faut dire que mon père – mon vrai père, celui avec lequel j'ai grandi – a toujours eu ce charisme presque magnétique.

— Initialement, la mission du LAIR était d'innover en matière de réhabilitation physique. Les béquilles que je t'ai offertes ont été ma toute première création. C'était une vieille idée de jeunesse que j'ai finalement développée ici. Le lecteur biomédical a suivi peu de temps après, puis les prothèses neuro-motrices, pour les personnes ayant perdu l'usage d'un membre... De bien belles inventions, mais rien de comparable à ma dernière découverte.

Il enfouit une main dans une poche de son pantalon et en ressort une pièce de vingt-cinq sous. Il y a le caribou d'un côté, et de l'autre, le profil... d'un vieux roi – hein?

— Pile ou face, Gabriel?

— Euh... Face?

— Pile! s'empresse de me contredire Jocelyn.

Le docteur lance la pièce de monnaie en l'air. Elle retombe dans le creux de sa main, qu'il referme aussitôt. Personne ne voit sur quelle face la pièce a atterri.

— Dans ma main se trouve une pièce de monnaie. Il y a une chance sur deux qu'elle soit tombée du côté face, une chance sur deux qu'elle soit tombée du côté pile, pas vrai? Et si je vous disais que c'était plus compliqué?

Ah, tiens! Mon père aussi aimait nous jouer des tours de magie: faire apparaître une pièce derrière nos oreilles, deviner quelle carte nous cachions dans notre dos, disparaître sans jamais revenir...

— Selon un principe de la physique quantique, poursuit-il comme si l'on savait ce que ça voulait dire, aussi longtemps que je n'ai pas ouvert la main, la pièce est tombée du côté face *et* du côté pile. Les deux résultats sont vrais, ils coexistent sous forme de possibilités, à l'extérieur de la réalité. C'est ce qu'on appelle l'état de superposition quantique. Puis, quand j'ouvre la main...

Il déroule ses doigts, qui révèlent l'image du caribou.

— Un des résultats est sélectionné.

— *Yessir!* célèbre Jocelyn.

Il souffle un bec à ma sœur. Elle ne s'y attendait pas et elle pouffe de rire: bien bon pour lui. Claudie les presse de se taire. Elle essaie de suivre notre hôte, qui parle avec de plus en plus d'engouement.

— Ce qui veut dire que l'univers, n'est-ce pas, la réalité telle que nous la connaissons..., reprend-il avant de s'interrompre. Un instant, ce sera plus clair avec un support visuel. Sésame, s'il te plaît, tu nous joues la séquence 36-B ?

Trois secondes passent. Il jette un regard au projecteur holographique au-dessus de nos têtes. Rien ne se produit. Sésame demeure silencieux.

— Il est brisé ? s'inquiète Claudie.

Jocelyn, à l'autre bout de la table, lève les mains en l'air.

— C'est pas moi, j'ai rien fait ! se défend-il par instinct.

— Non, non, c'est normal, Jocelyn, de le rassurer le docteur. Il est dix-huit heures. Sésame est en train de mettre à jour sa base de données. Il le fait aux six heures, ça lui prendra deux petites minutes. D'ici là...

Le sosie de mon père retourne la pièce dans sa poche. Il se lève en reculant sa chaise, puis il plonge ses mains dans son plat de spaghettis. Hein ? Qu'est-ce qu'il fait là ?

— Je disais donc, en suivant ce principe, dit-il en allongeant des nouilles au centre de la table, l'univers... Claudie, tu me pousses ton assiette, s'il te plaît ? Merci. L'univers dans lequel nous vivons serait donc le résultat de milliards et de milliards de jets à pile ou face. À chaque seconde de chaque minute, chacune de nos décisions transforme la réalité. Elles nous envoient dans une direction ou une autre. Un beau matin, le soleil brille : irez-vous à vos cours ou ferez-vous l'école buissonnière ? Vous choisissez d'y aller. Mais prendrez-vous l'autobus ou le vélo ? Disons le vélo. Eh bien, maintenant, passerez-vous par le boulevard du Harfang ou par les rues secondaires ?

Le docteur s'emballe, les yeux luisants de passion. Il nous lance des exemples de choix de plus en plus spécifiques. Et pour chacun d'eux, il ajoute une nouille à son schéma gluant de sauce bolognaise. Au bout d'une minute, le tout ressemble à un de ces arbres pondérés avec lesquels on nous apprend les probabilités, à l'école.

Satisfait, il s'empare de la salière, qu'il fait tourner dans sa main.

— Pendant plus de quatre-vingts ans, les plus grands esprits de ce monde se sont tués à dire qu'après chaque décision, les résultats rejetés mouraient. Ils croyaient qu'ils disparaissaient dans le néant, pour laisser la place à la réalité choisie, la nôtre, dit-il en s'emparant de la salière. Mais c'est faux...

Appuyé sur la table, l'air presque grave, le docteur pose le petit contenant de verre à l'extrémité d'une nouille.

— Nous vivons dans un multivers, à l'intérieur duquel un nombre infini de réalités sont créés à chaque instant, pour ensuite coexister les unes en parallèle aux autres. Plusieurs d'entre elles sont très similaires à celle-ci, ajoute-t-il en prenant cette fois la poivrière.

Il la place au bout de la nouille suivante.

— Mais il y a aussi les autres, les univers les plus éloignés, qui, au fil de milliards de décisions, s'avèrent radicalement différents...

Le sosie de mon père plonge une main dans le pot de marinade. Il en ressort un gros cornichon visqueux, qu'il dépose beaucoup plus loin sur son arbre.

Claudie grimace de dédain.

— Ark ! Un univers en cornichon ! Haha !

— Ben voyons, mon Claude ! réplique Jocelyn à ma droite. T'aimerais pas ça, un petit chum mouillé qui sent l'aneth ?

Il éclate d'un rire entrecoupé de grognements de cochon. Les filles échangent un regard, puis elles s'esclaffent elles aussi. Debout derrière sa chaise, notre hôte admire son travail. Ses mains sont rouges de sauce et dégoulinent de marinade verdâtre.

— C'est tout ça, le multivers. Personne n'a jamais cru qu'une chose aussi incroyable pouvait exister, mais je l'ai prouvé. J'ai inventé une machine capable de voyager à travers les différents univers. Et c'est elle qui m'a permis de vous emmener ici, dans mon monde à moi.

Un grand frisson m'électrifie la nuque. Je visais juste avec mes histoires de ballons. Cet endroit est une version différente de L'Avenir, une version améliorée de ma ville où la technologie a évolué un peu plus vite qu'à la maison, de notre côté... Ça explique pourquoi le *pit* n'existe pas ici. Le terrain n'a jamais été abandonné, il a été aménagé pour accueillir le laboratoire du docteur. Et lui, il n'est pas un simple sosie de mon père : il est son double, l'homme qu'il serait devenu s'il avait pris des décisions différentes. S'il avait abouti à l'extrémité d'une autre nouille, dans la salière plutôt que la poivrière...

— Gaby ? T'es correct ? me demande ma sœur.

Je relève mes yeux vers elle, puis vers lui. Il est en train d'essuyer ses mains sur une serviette de table.

— T'es pas mon père...

— Non, j'en ai bien peur. Mais tu peux m'appeler Philippe.

— OK. Je comprends. Mais ça explique pas pourquoi t'as emmené Noémie pis tout le monde ici. Ça doit être important pour que tu les kidnappes sans rien dire.

Jocelyn, à ma droite, recule légèrement sa chaise. Juste assez pour lui permettre de se pencher vers son chien qui demande à se faire prendre.

— C'est vrai, ça! dit-il en installant Ti-Caca sur ses cuisses. Moi non plus, je suis pas sûr d'avoir tout compris.

Philippe laisse échapper un soupir, visiblement mal à l'aise. Il passe une main dans ses cheveux grisonnants.

— Oui, vous avez raison. Je vous avoue que les événements ne se sont pas déroulés comme prévu. Ma découverte, le multivers, rien de tout ça n'aurait dû se produire. Voyez-vous, une famille est venue me voir l'an dernier. La famille Foh. Je crois que vous connaissez leur fils Laurent.

Laurent Foh, le premier élève à avoir disparu cet automne. Les filles ne le connaissent pas, mais Jocelyn et moi l'avons déjà eu dans nos cours.

— On le connaît. Ben... Celui de notre univers, en tout cas.

— Eh bien, notre version de Laurent ici est tombée gravement malade. Les médecins avaient décelé la présence d'une bactérie étrangère dans son organisme. Ils ont fait appel aux meilleurs bactériologistes, mais les traitements ne donnaient aucun résultat. Ses parents étaient désespérés, ils m'ont imploré de les aider. Je n'ai qu'une connaissance sommaire de la biologie, mais j'avais assisté, peu de temps avant, à une conférence particulière.

Il saisit sa fourchette et l'approche de son verre d'eau. Il tape sur le côté du verre avec l'ustensile en métal.

— Vous entendez ?

— Entendez quoi ? Le son ? demande Jocelyn.

Apparemment, Philippe n'est pas entré dans ces détails lorsqu'il s'est entretenu avec mes amis ce matin.

— Précisément. Et les sons sont le produit d'une résonance. Un corps se met à vibrer, et ces vibrations voyagent dans l'air. Elles viennent frapper vos tympans comme des vagues. Vous me suivez jusqu'ici ?

Claudie, Jocelyn et moi hochons la tête.

— Chaque matière, selon sa composition, possède une fréquence de résonance qui lui est propre. C'est sa fréquence naturelle. Dites-moi : Tintin existe-t-il dans votre univers ? Avez-vous déjà vu la Castafiore faire éclater un verre en chantant ?

— Ben oui ! de répondre Claudie, toute fière de connaître la référence.

Moi aussi, j'ai lu *Les aventures de Tintin*. Pas tous les albums, mais quelques-uns. Le personnage de la cantatrice m'a toujours énervé.

— Eh bien, quand une matière, comme le verre, disons, est soumise à une vibration correspondant à sa fréquence naturelle, dit-il en tapant de nouveau son verre, sa structure moléculaire s'affaiblit. Augmentez l'intensité, et... Sésame, s'il te plaît?

Cette fois, la voix synthétique lui répond. Le programme d'assistance domestique a terminé sa sauvegarde. Il émet un son qui retentit dans toute la maison, comme une note, la même que l'ustensile avait produite sur le verre. Elle résonne de plus en plus fort, puis la science tient promesse: le verre est brisé en deux. L'eau se répand sur la table et dégoutte sur les cuisses de Claudie.

— Hé! C'est mouillé! s'écrie-t-elle en reculant sa chaise.

Le double de mon père rigole en épongeant son dégât.

— Toutes mes excuses, Claudie. J'aurais dû te prévenir.

— Ben non, c'est correct. Hehe...

Sans rancœur, elle secoue l'eau de ses cotons ouatés. Philippe termine la leçon en enveloppant le morceau de verre dans une serviette de table.

— Vous vous en doutez, certaines matières sont plus fragiles que d'autres. Mais tout vient à point à qui sait attendre. Des ponts se sont déjà écroulés parce que le vent vibrait à la fréquence de certaines de leurs composantes.

Wow. C'est vraiment cool, mais je ne vois toujours pas le lien avec son histoire de bactérie. Noémie chiffonne sa serviette en boule. Elle aide Claudie à essuyer sa chaise, tandis que Jocelyn cherche une nouvelle façon de l'impressionner. Il approche son verre de sa bouche et se met à crier. Grosse couille! Même son pug ne jappe pas si faux!

Je me tourne vers notre hôte, qui semble s'être perdu dans une pensée lointaine. Une pensée qui lui donne un air triste.

— Philippe... Qu'est-ce qui est arrivé à Laurent?

Le regard bas, il frotte ses mains entre elles. L'hésitation persiste, puis il nous raconte comment lui est venue l'idée d'identifier la fréquence naturelle de la bactérie. L'objectif était de pulvériser ses cellules à l'intérieur de Laurent, sans aucun médicament. C'est la raison pour laquelle il aurait inventé le vibrarium, un genre de cabine à l'intérieur de laquelle un patient serait bombardé de puissantes vibrations.

Les tests préliminaires allaient bon train, mais le temps commençait à manquer. Laurent se mourait, puis d'autres adolescents sont tombés malades: Annabelle Jolicoeur, Théodore Paquin, Ludovick Savoie, Jocelyn Thibault et Claudie Bégin.

Tous présentaient des symptômes similaires aux siens.

— Quand je dis que le vent peut faire s'écrouler un pont, c'est un phénomène qui requiert des années d'exposition! déplore-t-il. J'étais persuadé d'avoir trouvé les bonnes fréquences, mais je ne pouvais plus attendre. J'avais besoin de puissance, de beaucoup plus de puissance. Alors j'ai... j'ai apporté des ajustements au vibrarium. J'ai expérimenté avec des technologies que je ne maîtrisais pas. Mes collègues ont bien essayé de m'en dissuader, mais j'ai ignoré leurs avertissements.

Philippe nous parle, mais il ne nous regarde plus. Honteux, peut-être. Il étire une main vers son verre brisé, mais Claudie l'arrête avant qu'il ne se coupe dessus. Elle lui tend son propre verre, qu'elle n'avait pas encore touché.

Il boit une gorgée d'eau.

— Ce jour-là, la moitié de mon équipe avait déjà démissionné. C'est moi qui le leur avais proposé... ou fortement suggéré, s'ils n'avaient plus confiance en mes méthodes. Ça aura été ma plus grave erreur. Dès que j'ai mis le vibrarium en marche, j'ai complètement perdu le contrôle de l'opération. Les calibreurs ont cédé, des décharges énergétiques ont fusé de partout. J'ai coupé l'alimentation sur-le-champ, mais c'était trop tard. Dans l'habitacle, Laurent... Il avait disparu.

J'avale ma salive de travers.

— T'as envoyé ton Laurent dans un univers parallèle. OK...
Il est où maintenant ? T'es allé le chercher, pas vrai ?

— Eh bien...

À son tour d'avaler ce qui lui reste de salive.

— Tu dois comprendre, Gabriel, qu'à ce moment-là, je
n'avais aucune idée du miracle que je venais d'accomplir. Pour
comprendre, je n'avais pas le choix... il fallait que je répète
l'expérience.

— Tu veux dire que...

Le docteur hoche péniblement la tête : malgré la tragédie,
il a poursuivi les tests avec ses autres patients. Ainsi, en l'espace de quelques semaines, Annabelle, Théo, Ludovick, Jocelyn
et Claudie ont été téléportés aux quatre coins du multivers. Des
mois plus tard, il sait qu'il n'a jamais réussi à détruire la structure moléculaire d'une bactérie. Au lieu de cela, il a découvert que
l'univers en entier possédait une fréquence de résonance, et qu'il
était possible de voyager entre les réalités en altérant la fréquence
naturelle de la matière.

Il esquisse une moue navrée.

— Voilà, vous savez tout. J'ai miniaturisé la technologie
dans une combinaison, pour me permettre d'aller et venir entre
les réalités, en emmenant mon invention avec moi, et je parcours

le multivers depuis, à la recherche de ces adolescents. Je peux les retrouver, je le sais! Mais personne ne doit remarquer leur disparition d'ici là. Je serais jeté en prison, le gouvernement s'emparerait de mes travaux. C'est la raison pour laquelle je suis venu chercher tes amis, Gabriel: pour qu'ils prennent la place de leurs doubles, le temps que je répare mon erreur. Quand j'aurai retrouvé leurs versions originelles et que je les aurai débarrassées de cette bactérie, tout le monde pourra rentrer chez soi.

Ayoye. J'ai la tête qui tourne. À cause de toute l'information à assimiler, mais aussi à cause de Claudie, qui gigote et sautille sur sa chaise.

— T'en rends-tu compte, Gaby? se réjouit-elle. Ici, ma famille est vraiment riche! Pour vrai de vrai! Mon père est genre le président de je sais pas quelle compagnie, pis ma mère, elle est comme politicienne, c'est ça?

Philippe acquiesce.

— C'est fou! J'aurai plus besoin de faire semblant! Je te le dis, c'était la dernière fois que je volais une carte de crédit.

Ma sœur hoquette à côté d'elle.

— Attends, t'as fait quoi?

— Euh, c'est que..., bafouille Claudie, qui rougit à vue d'œil.

La fraudeuse a parlé trop vite. Elle a oublié que ni Noémie ni Jocelyn ne connaissaient son secret. Le double de mon père n'a pas l'air surpris, lui. Il la prévient qu'elle ne peut en aucun cas attirer l'attention des autorités pendant son séjour.

— Je sais, docteur, je sais...

Jocelyn, de son côté, démontre plus de réserve. Oubliant sa quête de séduire Noémie, il observe Ti-Caca lécher le fond de son assiette sur la table.

— Ouais, moi aussi, c'est pas pire cool, commence-t-il. Mes parents sont pas riches de même, mais ç'a l'air qu'icitte, ils ont quand même de vraies *jobs*. Ils ont jamais eu mon frère ou ma sœur, mais c'est correct. Ça va être comme des vacances, pas vrai Ti-Caca ? Juste moi pis toi, comme dans le temps !

Il porte l'animal près de son visage joufflu pour l'embrasser.

— Oui, mais n'oublie pas, précise Philippe en toussotant, que tes parents ici n'ont jamais adopté de chien. Petit, hum... Ti-Caca devra rester au LAIR avec nous. Tu pourras venir le visiter aussi souvent que tu veux.

— Ah. C'est vrai...

Jocelyn laisse échapper un léger soupir. Ma sœur à ses côtés est portée par un élan de compassion. Oubliant les tentatives de séduction de la brute, elle pose une main dans son dos pour le réconforter. Jocelyn lui sourit. D'un coup, la vie n'est plus aussi grise que leurs cotons ouatés. D'ailleurs, ça me fait penser : il y a des jours que ma sœur est arrivée. Pourquoi porte-t-elle encore ces affreux vêtements ? J'interpelle le double de mon père.

— Pis nous, Philippe ? No pis moi. Pourquoi on est là, nous autres ? Nos doubles aussi, tu les as mis dans ta machine ?

— Eh bien, Gabriel..., hésite-t-il en se raclant la gorge, dans ton cas, tu t'en souviens, c'est toi qui as sauté dans le champ quantique. Quant à Noémie, je dois l'admettre, c'était mon erreur. Je l'ai surprise sans le vouloir et elle s'est blessée en me fuyant dans les bois. Je me sentais terriblement mal de la laisser là, alors je l'ai invitée ici. En espérant que sa présence, et la tienne, maintenant, ne nous attirent pas d'ennuis.

— Hum, OK... Quel genre d'ennuis ?

Son regard s'assombrit.

— Dans cet univers, Gabriel, je n'ai jamais eu d'enfants. Ta sœur et toi, vous n'avez jamais existé.

CHAPITRE
4

Agenouillé sur le divan, je fais face au dossier, auquel je me tiens les bras croisés. Au bout de mes doigts pend ma casquette décrépite. Les contours de son logo chatouillent mon pouce quand je l'effleure. Le LAIR... Ainsi tourné vers les grands pans de fenêtres, je contemple l'édifice surplombant la maison. De puissantes lumières en éclairent les arêtes. Les lettres de son enseigne s'illuminent dans la nuit. Le *pit* à sa place doit avoir été mis en quarantaine dans notre univers. Il me vient des images de rubans rouges accrochés aux arbres et de stations de recherche temporaires, installées sous des tentes. J'imagine des agents spéciaux en combinaisons antivirales analyser des échantillons de terre et de cailloux.

— Hé ! dit Noémie qui vient me rejoindre sur le divan.

Après le souper, le double de notre père et elle ont débarrassé la table, pendant que Claudie et Jocelyn montaient se changer à l'étage. Philippe leur a donné à chacun un sac chargé des vêtements que portaient leurs doubles à leur arrivée au laboratoire. Je replace ma casquette sur ma tête en m'asseyant face à ma sœur.

— Pis ? Comment tu trouves ça ? me demande-t-elle, esquissant un large sourire qui fait arrondir le pansement sur sa joue.

— Comment je trouve quoi ?

— Ben ! Tout ça, nono ! La technologie, les univers parallèles, tomber sur une version 2.0 de papa... Toi qui as regardé tous les *Star Trek* pis les *Doctor What*, tu dois être en train de capoter !

— *Doctor Who.*

— *Doctor* qui ?

— C'est ça. *Doctor Who.* Pas *Doctor What.*

— Ah ! s'exclame-t-elle sarcastiquement en hochant la tête. Tu sais ce que je veux dire, c'est ça qui compte.

— Je sais. Pis je trouve ça cool, je suis vraiment excité. C'est juste bizarre de penser qu'on n'est jamais venus au monde ici. Papa a jamais rencontré maman, pis, comme de fait, sa vie est pas mal plus belle...

— Gabriel Landry, pense pas comme ça ! Philippe l'a dit, il y a un nombre infini de variables qui font qu'il a abouti ici, dans son univers, pis ailleurs, dans le nôtre. Ça veut aussi dire qu'il existe des millions d'univers où il a rencontré maman, où il nous a eus tous les deux, pis où il est quand même devenu un grand inventeur.

Noémie marque un point. Elle passe son bras autour de ma nuque pour me tirer vers elle – ugh! Ma casquette glisse sur ses cuisses et ma soeur m'ébourriffe les cheveux.

— Tu vas voir, c'est une bonne chose qu'on n'ait personne à remplacer. Ça fait quatre jours que je suis arrivée, c'est comme si on était en vacances dans un hôtel tout-inclus. Pas vrai, Sésame? lance-t-elle à l'intention de l'œil vert et brillant au-dessus de nos têtes.

— En quelque sorte, oui, lui répond la voix synthétique du programme d'assistance domestique. Je suis là pour répondre à vos besoins.

— Pis ça, c'est sans compter la récompense.

— La récompense? que je m'étonne.

C'est bien ça: en échange de notre collaboration, m'explique-t-elle, le double de notre père a promis de l'argent à chacun d'entre nous. Une somme suffisamment importante pour que notre mère et nous puissions déménager de notre taudis, illustre-t-elle. Une somme suffisamment importante pour que maman suive une formation professionnelle, peut-être? Elle pourrait enfin retourner sur le marché du travail, pendant que Noémie et moi poursuivrions nos études. Le cercle serait brisé, on en aurait fini avec notre petite misère.

Ses mots me prennent au ventre. Du vrai argent…

Ma sœur me lance un clin d'œil. Ses efforts portent fruit : je me laisse lentement mais sûrement convaincre par la perspective de ce congé interdimensionnel. Pour rire, je pose ma vieille casquette sur sa tête, et son visage se crispe en une grimace de dégoût. Nous rions, puis le cliquetis de griffes tambourinant sur le bois attire notre attention vers l'escalier, au centre de la maison. Ti-Caca le dévale en haletant, comme d'habitude. Il est suivi par son maître, qui descend les marches en rentrant le ventre, pour mieux paraître dans le polo bleu ciel de son double. Avec ses pantalons beiges et repassés à la taille, il ne lui manque qu'un gant et une visière pour compléter son look de golfeur du dimanche.

— Pis ? fait-il en pointant ses index vers ma sœur, comme deux pistolets chargés de ses charmes. Pas pire bel homme, le Jocelyn, hein !

Je veux me retenir, mais c'en est trop : je pouffe d'un rire incontrôlable.

La brute s'immobilise. Déjà qu'elle a retiré l'anneau dans son sourcil pour ressembler plus fidèlement à son double, mes rires doivent maintenant la faire se sentir toute nue. Son gros visage rougit dans un mélange de gêne et de colère ; son regard devient noir ; ses poings, eux, blanchissent tellement il les serre. Mais Noémie s'esclaffe à son tour et Jocelyn se détend – fiou ! Depuis tout à l'heure qu'il essaie de la faire rire... Ce doit être plus important pour lui que de m'en mettre une derrière la tête.

Il va s'asseoir près d'elle sur le divan, puis c'est à Claudie de descendre le large escalier. Un de mes épisodes se déclenche quand je lève les yeux vers elle : *TROIS*... Comme dans une de ces comédies romantiques où la rejet de l'école est transformée en reine du bal, le temps avance au ralenti... *DEUX*... Accompagnée par la mélodie d'un saxophone, Claudie marche dans ses nouveaux vêtements tendance, tandis qu'un vent sorti de nulle part souffle ses cheveux vers l'arrière... *UN*... Elle porte un jean ajusté et un chandail de couleur claire, par-dessus lequel tombe une longue veste en je ne sais quel tissu luxueux.

ACTION !

— Wow ! s'exclame ma sœur en se levant. Claudie, t'es donc ben belle ! Pas vrai qu'elle est belle, hein Gaby ?

— Ben, c'est que... je sais pas, là...

Noémie roule les yeux ; Claudie détourne les siens, cherchant tant bien que mal à réprimer un sourire timide.

— Tête de con.

Philippe, qui était lui aussi monté à l'étage pendant que mes amis se préparaient, nous rejoint le dernier. Il fait rouler un petit objet en métal foncé entre ses doigts, à la manière d'un exercice de relaxation.

—Vous êtes prêts à partir? demande-t-il en rangeant l'objet au fond d'une poche.

Il remonte ses lunettes sur son nez. Pas en poussant sur le pont, comme la plupart des gens le font, mais en pinçant une branche entre le pouce et l'index. Exactement comme le faisait mon père...

— La voiture vous attend à l'extérieur.

— OK! s'exclament mes amis à l'unisson.

Claudie vient nous offrir une accolade, à Noémie et à moi. Jocelyn fait pareil avec ma sœur, puis se tourne vers moi pour me tendre un poing viril.

— Salut, mon gars.

— Bonne chance, dis-je en tapant sur ses jointures.

Près de la double porte, le docteur tient deux manteaux: une veste rembourrée et un long pardessus griffé. Claudie enfile ce dernier en se tournant vers moi. Elle me dit de ne pas m'inquiéter et qu'ils reviendront me voir tous les jours s'ils en sont capables.

— Pas vrai, Jocelyn ?

— Ben ouais ! dit-il en mettant sa veste. Ben, je veux dire...
Je vais venir voir Ti-Caca. Si t'es là aussi, ça me dérange pas.

Elle lui flanque un coup de coude et il s'esclaffe d'un rire gras.
La brute embrasse son chien, puis Philippe commande à Sésame
d'ouvrir la double porte. Ils sortent tous les trois de la maison,
devant laquelle les attend une drôle de voiture. De couleur noire,
bien cirée, elle a la forme d'une barre de savon métallique, basse
et rectangulaire. Les portières latérales révèlent en s'ouvrant un
habitacle semblable à l'arrière d'une limousine : deux banquettes
qui se font face, sans volant ni pédales. Au plafond brille un œil
vert de Sésame.

OK. C'est quand même cool.

Mes amis montent à bord du véhicule autonome. Ma sœur
et moi leur envoyons la main sur le seuil de la double porte.
Philippe dicte l'itinéraire à l'intelligence artificielle, et les portières se referment en glissant. Plus silencieuse que le vent, la
voiture s'éloigne en douceur vers le chemin du Héron.

— Bon. On rentre ? suggère Noémie en grelottant.

— Ouais.

Tandis que Philippe admire la nuit, songeur, elle tourne les
talons vers l'intérieur de la maison. J'entends ses pas s'éloigner

en direction de l'espace cuisine. Pour ma part, je jette un dernier coup d'œil au LAIR face à nous. Ses lumières rayonneront jusqu'à l'aube, comme un défi lancé aux étoiles. Vissant ma casquette sur ma tête, je me retourne finalement, curieux de voir quelle collation ma sœur est en train de...

Mon souffle est coupé ; mon pouls s'arrête. Paralysé par l'angoisse, je suis subitement pétrifié, impuissant face à l'homme qui se tient devant moi. Grand comme une armoire, les épaules larges, il est sorti de nulle part pour apparaître à quelques centimètres de mon nez : c'est le sergent Duval, qui me regarde droit dans les yeux.

Mais comment est-ce que...

Un son bourdonne entre nous. L'imperméable du sergent dégoutte sur le plancher, ses bottes sont recouvertes de boue noire, mais lui, il ne semble pas dérangé par l'averse qui s'abat sur sa tête. Ici. En plein centre de la maison. Duval pointe sur moi l'éclat de sa lampe de poche. Il plie légèrement les genoux pour mieux m'inspecter, à moins que... à moins que ce ne soit pas moi qu'il regarde ? Car il ne semble pas me voir comme je le vois. Il ne semble pas me sentir comme je le sens, lui, l'odeur de la pluie, celle de la terre imbibée d'eau.

Duval fronce les sourcils, l'air incertain. Il étire une main vers mon sternum et je sens grandir la peur. L'angoisse resserre son emprise sur mon corps tel un filet d'aiguilles qui m'enveloppe et s'enfonce lentement dans ma chair. Je ferme les paupières avec force, toujours incapable de bouger le moindre doigt.

Clic! La double porte se referme derrière moi.

Hein? Je rouvre les yeux pour apercevoir le double de mon père, à ma gauche, qui me rejoint face à l'escalier. Le sergent Duval n'est plus là. L'averse s'est arrêtée. Il n'y a sur le plancher plus aucune trace d'eau ni de boue.

— Tout va bien, Gabriel? me demande Philippe.

— Hum. Ouais, ouais. Juste un peu fatigué.

— Les chambres sont à l'étage. Je vais traverser au laboratoire pour quelques heures. Si vous avez besoin de quoi que ce soit, n'hésitez surtout pas. Sésame est là pour vous.

Le double de mon père replace ses lunettes. Il va au coin cuisine pour saluer Noémie, puis revient vers l'avant de la maison, marchant exactement où le sergent se tenait il y a un instant. Se peut-il que je l'aie halluciné? Je baisse les yeux vers mon coton ouaté bleu, que sa main dégoulinante de pluie a failli toucher. De petits ronds mouillés et froids foncent le tissu en trois endroits.

CHAPITRE 5

Une fois Philippe parti, Noémie me montre notre chambre à l'étage. Celle-ci ressemble étonnamment à la salle de jeux où Claudie, Jocelyn et moi avons passé la journée. Dominée au plafond par un projecteur holographique – il y en a partout, de ces trucs! –, la pièce comprend une grande table à café ronde, entourée de deux larges divans modulaires, identiques à ceux du rez-de-chaussée et de la salle de jeux. Au son d'une commande vocale, Sésame enclenche un mécanisme transformant la pièce de fond en comble: les fenêtres s'opacifient, la table basse se rétracte dans le plancher, tandis que les divans se changent en lits. Sous ceux-ci s'ouvrent des compartiments pleins de draps roulés, de couvertures et d'oreillers.

Activant le projecteur holographique, ma sœur me propose de choisir un film parmi une inépuisable sélection. J'arrête mon choix sur une surprenante version de *Jurassic World*. Dans cet univers, l'ADN de dinosaures a été croisé avec des gènes humains, et le personnage de Chris Pratt – interprété ici par Dwayne «The Rock» Johnson – tombe amoureux d'une femme-raptor: ouach!

Noémie et moi rions jusqu'à l'épuisement.

Samedi matin. Mon deuxième jour à L'Avenir-2 débute mieux que le premier. Ouais, c'est le surnom que j'ai donné à cet univers. Ça devenait mélangeant de dire «ici» et «à la maison» pour le différencier du nôtre. Noémie m'a appris que les univers étaient identifiés par de longues séquences de chiffres impossibles à mémoriser. Je préfère la méthode iPhone : L'Avenir-2. Ou « L'A2 », pour les intimes.

Tel que promis, Claudie et Jocelyn reviennent passer la journée avec nous. Une partie de la journée, en tout cas, car l'un et l'autre ont eu besoin de l'avant-midi pour se débarrasser de leurs nouveaux parents, qui n'en finissaient plus de les cajoler. Je les comprends. Ils devaient être fous de joie de revoir «leurs enfants» en santé. Au moins, mes amis arrivent à temps pour dîner. Comme il l'a fait au matin, Sésame commande assez de malbouffe pour nourrir une armée : après les burritos déjeuner, place à la pizza extra bacon! Miam!

Pendant qu'on s'empiffre, Claudie nous parle de sa demeure luxueuse, dans un quartier nanti de L'A2. Elle trépigne en nous décrivant la petite écurie que sa fausse mère a fait construire sur leur terrain grand comme trois cours d'école. Jocelyn, de son côté, n'arrive pas à croire que son double soit champion de karaté – trop cool ! Son prochain cours a lieu mercredi, après l'école. Il jubile à l'idée de recevoir une médaille pour avoir frappé une « gang de chochottes en robes de chambre » : classique Jocelyn.

Après le dîner, nous nous écrasons dans la salle de jeux. Nous jouons à *Never Dead III* jusqu'à tard le soir. Les hologrammes saturent la pièce, les effets sonores font vibrer les grandes fenêtres derrière nous. Nous prenons quelques pauses, mais seulement pour rire aux larmes devant les versions abominables de nos films favoris. À L'A2, *Terminator* est une comédie romantique ; Harry Potter est joué par Zac Efron ; *Jaws* n'est pas un requin, c'est une étoile de mer géante dotée de pouvoirs télépathiques !

Il y a une chose, par contre. Pas une fois nous ne voyons ni n'entendons Philippe dans la maison. Aurait-il passé la nuit dans les dortoirs, au-dessus de son laboratoire ? C'est fort possible. Tout ce que Sésame accepte de nous dire, c'est que « le Dr Landry travaille très, très fort » pour retrouver et soigner nos doubles disparus.

Ah. J'aurais aimé qu'il nous accorde un peu de temps. J'ai encore un millier de questions à lui poser, mais bon... J'ai un presque père et il a un travail, c'est déjà ça !

Vers dix heures, Claudie et Jocelyn rentrent chacun chez eux. Noémie réarrange la salle de jeux en chambre et cette première journée se termine aussi bien qu'elle a commencé. Ma sœur et moi nous endormons comme nous l'avons fait hier, bercés par la musique et les couleurs des images holographiques.

Dimanche est une autre magnifique journée. Le soleil brille dans le ciel, les crêpes au sirop fondent dans ma bouche. Jocelyn et Claudie se pointent un peu plus tôt. Les deux me disent d'emblée qu'ils ne pourront pas rester tard, mais c'est normal. Ils retournent à l'école demain. J'espérais que leurs parents retardent leur réinsertion en classe, mais je me garde d'en faire un cas. C'était le scénario le plus probable.

Sans perdre une minute, nous enfilons nos gants de contrôle et sautons dans l'action, contre les hordes de zombies holographiques.

Il doit être passé quinze heures quand nous battons le dernier niveau de *Never Dead III*. Nous aurions pu le finir plus tôt, j'en suis sûr, mais Claudie s'est retirée de la partie. Ça ne lui tentait plus. Elle et ses grands foulards de luxe ont passé l'après-midi avachie dans son coin, en train d'explorer les fonctions de son bracelet connecté. Jocelyn aussi en a un, ce sont de larges dispositifs électroniques qui s'enroulent autour du poignet et projettent une interface holographique. Ils auraient été inventés trois ans après les premiers téléphones intelligents, à L'A2.

Je propose à Claudie de faire autre chose, mais elle préfère écrire aux amies de son double. Pour en apprendre autant que possible sur elles, insiste-t-elle. Pour renforcer sa double identité et faciliter son infiltration quand elle les rencontrera demain.

Pas bête, pas bête...

Claudie est la première à partir. Jocelyn, Noémie, Ti-Caca et moi la raccompagnons à l'entrée, devant laquelle l'attend sa propre voiture autonome. Ces machines seraient à ce point sécuritaires qu'un enfant seul peut voyager à bord. La petite reine de L'Avenir nous salue vite fait, les yeux rivés sur les messages flottant au-dessus de son bracelet connecté, puis elle prend le chemin de son domaine. L'image provoque en moi un étrange sentiment de déjà-vu, mais ce n'est pas grave : tout va pour le mieux dans le meilleur des univers.

Lundi, les choses changent un peu. Jocelyn et Claudie sont de retour à l'école, je ne les verrai pas avant le soir. Sésame a donc réorganisé la maison pour deux occupants. La journée ne passe pas aussi vite, mais au moins, j'ai encore ma sœur avec qui passer le temps.

Noémie accepte de jouer à *Never Dead IV*, puis vient l'heure du dîner. De retour dans la salle de jeux, elle découvre cependant une nouvelle télésérie, à laquelle elle devient complètement accro. Elle brûle les épisodes comme un fumeur enchaîne les cigarettes. Moi, je fais mon gros possible pour m'y intéresser, j'en regarde quelques-uns avec elle, mais un téléroman à l'eau de rose, c'est mauvais dans tous les univers !

Heureusement, le soleil finit par descendre. À seize heures, l'école est enfin terminée et mes amis viendront me sauver de mon calvaire. J'ai le nez collé aux fenêtres du coin salon quand un grand véhicule autonome, rectangulaire et jaune s'immobilise devant l'entrée – un autobus scolaire, je présume ?

Jocelyn en descend, sa veste attachée jusqu'au menton, puis le grille-pain géant poursuit sa route sur le chemin du Héron.

Euh... Claudie n'est pas avec lui ?

La brute se dandine à petits pas sur le pavé. Une vingtaine de mètres la séparent de la double porte, que Sésame ouvre à son arrivée. Ti-Caca me file entre les jambes tandis que je sautille à sa rencontre.

— Hé ! Joce !

— Hé, Gab, me lance-t-il en se penchant vers le pug. Allo, toi ! Comment il va, le beau chien ? Il est-tu content de me voir ?

Le pug se trémousse contre ses jambes. Jocelyn se penche pour le prendre dans ses bras. Tous deux se couvrent de baisers.

— Pis ? Ta première journée à l'école ?

— Ah, mon gars, c'était fou raide !

— Ah ouais ? Pis les autres ? Comment ils vont ?

— Ouais, ouais, ils vont bien. J'ai dîné avec eux.

Il repose Ti-Caca par terre. Le chien sort par les portes grandes ouvertes, d'entre lesquelles Jocelyn n'a pas bougé. Il va renifler l'herbe et les feuilles devant la maison.

— Il y a juste Ludo qui panique, reprend la brute. Le gars a une compétition de *skate* en fin de semaine, pis il en a jamais fait de sa vie.

— Hein ? Tu me niaises !

— *Nope !* Mais c'était pas le plus *weird*, je vais te dire.

Jocelyn me raconte le choc qu'il a vécu ce matin, en passant les portes de l'École secondaire de L'Avenir, version améliorée. À la maison, tout le monde l'aurait remarqué sur-le-champ, mais là, personne ne semblait savoir qui il était. Pourquoi ? Parce qu'à L'A2, son double ne s'est jamais hissé à la tête d'un groupe de délinquants. Les Jocelains n'existent pas, ici. Mégane, Rosalie, Jérémie et les autres mènent tous des vies très différentes.

— Au début, c'était bizarre, t'sais. C'était eux autres, ma gang. J'ai été voir les filles à leurs cases, elles m'ont même pas reconnu.

— Ouais, ça doit être chiant.

— Certain. Mais après, la cloche a sonné. C'était notre cours de français, pis c'est Mme Kartchenco qui donne le cours ici aussi.

— OK. Pis ?

— Gab, tu devineras jamais ce qu'elle m'a dit.

— Euh... Je sais pas. « Bonjour » ?

Il éclate de rire.

— Drette ça !

Je dresse un sourcil, un poil perplexe. Les professeurs saluent tout le monde tous les jours. C'est dans leur définition de tâche, j'en suis sûr. Mais la brute n'est pas d'accord.

— Moi, quand je rentre dans une classe, les profs disent jamais rien. S'il y en a un qui parle, c'est pour faire son *show*. Il va me dire qu'il m'a à l'œil ou quelque chose du genre.

— Oh.

Maintenant qu'il le mentionne, ça me revient. Quand un prof lui adresse la parole à L'A1, c'est souvent pour l'avertir. Ça ou l'envoyer au bureau de Mme Duranceau. Je ne me souviens pas de la dernière fois qu'on l'a invité au tableau pour un exercice.

— En tout cas, ça fait changement, dit-il. C'était pas mal cool.

Le vent souffle des feuilles mortes à l'intérieur de la maison. Mon simple coton ouaté n'est pas très chaud, mes côtes sont gelées comme des Mr. Freeze. Ti-Caca grelotte, lui aussi. Ça fait trembler ses plis de peau molle.

— Mais hé, Joce, dis-moi donc... Claudie a pas pris le bus avec toi ?

— Ah, parle-moi-z'en pas, lâche-t-il. Je l'ai cherchée partout, ce matin. Elle répondait pas à mes messages.

— Hein ? Pourtant, c'est pas son genre.

— Ouais, ben... J'imagine que c'est le genre de son double. Je sais pas. Je l'ai croisée à la deuxième pause, elle était avec sa nouvelle gang de filles. Toutes des petites filles de riches peignées pareil.

— OK. Pis elle a dit quoi ?

Il se renfrogne légèrement.

— Rien. C'est pas important... En tout cas, je l'ai vue monter dans un char avec ses amies, après l'école. Pense pas qu'elle vienne à soir.

— Ah. OK...

Wow. Claudie prend vraiment son infiltration au sérieux. En même temps, elle aurait pu me prévenir que les plans avaient changé. Je n'ai pas de bracelet connecté, mais le numéro du LAIR est sûrement répertorié. Sésame aurait pu me transmettre le message...

— Ben coudonc. Au moins, t'es là. J'ai commencé *Never Dead IV*, c'est pas si pire. Je suis bloqué au début, mais en *coop*, ça va être facile.

Un nouveau coup de vent, polaire, celui-là. Je fais signe à Jocelyn d'entrer, pour permettre à Sésame de refermer la double porte. J'avance dans l'aire ouverte en m'appuyant sur mes béquilles, mais Jocelyn ne me suit pas. Je tourne la tête vers lui, qui frotte la sienne en baissant le regard.

— Ouais, *Never Dead*, c'est cool. Mais...

Oh non. Quelque chose ne va pas.

— Mais quoi ?

— Écoute, je suis passé voir Ti-Caca. Pis toi aussi, là, c'est sûr... Mais je peux pas rester. J'ai un cours du soir aujourd'hui.

— Hein ? C'est pas demain, ton cours de karaté ?

Jocelyn acquiesce. C'est bien ce qu'il m'avait dit. Une chose qu'il ne savait pas samedi, en revanche, c'est que son double suivait plus d'un cours par semaine : il y a la guitare le mardi, le karaté le mercredi et le théâtre ce soir. Comme la classe débute dans une heure, ses faux parents passeront le prendre d'une seconde à l'autre.

— Toi, ça ? Du théâtre ! C'est une farce ?

— Non...

Je me sens rougir. J'ai chaud, tout à coup, et Jocelyn doit s'en rendre compte. Il baisse la tête et enfonce ses grosses pattes dans les poches de sa veste.

— Wow. Pis c'est moi que t'appelles une chochotte...

— Je m'excuse, Gab... Si c'était juste de moi, j'irais pas là, tu le sais ben. Mais il y a une rencontre avec la prof, qu'on m'a dit. Mes parents vont être là tout le long.

— Ouais, ouais. Je comprends...

Ça y est. Il n'y a pas trois jours que ces deux-là m'ont promis de me tenir compagnie et ce n'est déjà plus possible. Il y a toujours ma sœur, mais quand elle regarde ses émissions, il n'y a plus rien qui existe. Toute vie la quitte, elle se décompose en zombie écervelé tout droit sorti de *Never Dead*.

Jocelyn reçoit une notification sur son bracelet. C'est sa mère, sa voiture s'engage sur le chemin du Héron. Dépité, je le salue, puis je rentre me cacher dans la maison. C'est la règle : personne ne doit savoir qui je suis. Pour convaincre leurs faux parents de les laisser revenir au LAIR, Claudie et Jocelyn n'ont pas eu le choix de leur mentir. Ils ont prétexté qu'un patient vivait toujours en isolement et qu'eux seuls pouvaient lui tenir compagnie, leur traitement les ayant immunisés à la dangereuse bactérie.

C'est frustrant, mais je comprends la situation.

Tout va pour le mieux dans le meilleur des univers...

CHAPITRE

6

Hier était une terrible soirée. Après que Jocelyn est parti jouer les Hamlet, Sésame a contacté le restaurant habituel – toujours plus de malbouffe, cette fois des hamburgers et des frites. Le drône de livraison s'est présenté à la porte, mais je n'avais pas vraiment faim. Toutes ces heures de jeux et de films holographiques m'avaient donné mal à la tête. J'avais envie de m'étendre et rien d'autre.

Je suis remonté à la salle de jeux, où Noémie végétait sur un divan, comme un gros chou-fleur bouilli. Des hologrammes valsaient autour d'elle, son regard absent allait et venait d'une forme intangible à une autre. J'ai eu beau lui demander d'aller regarder son émission ailleurs ou de baisser le volume, il n'y avait rien à faire. J'aurais pu sortir de la maison, aller dormir dans les dortoirs, au-dessus du laboratoire, mais non. Je ne voulais pas risquer de déranger Philippe.

En trois jours, depuis notre premier – et dernier – repas ensemble, j'ai dû le voir une vingtaine de minutes au total. Il entre et sort de la maison en un éclair, toujours pressé de repartir. Une fois, j'ai voulu le suivre pour l'assister dans ses tâches. Passer la journée avec mon presque père m'aurait changé des holojeux, j'aurais pu apprendre quelque chose. Mais Sésame ne me l'a pas autorisé. «Le Dr Landry travaille très, très fort», m'a-t-il répété comme le robot qu'il est.

Me couchant sur mon lit modulaire, j'ai enfoui ma tête sous l'oreiller, en souhaitant que cette pénible journée se termine au plus vite. Mais je me réveille ce matin et tout est pire.

Il doit être sept heures quand j'ouvre les yeux. C'est plus de douze heures de sommeil, si l'on oublie les effets sonores des hologrammes qui m'ont dérangé une bonne partie la nuit. Mon mal de bloc s'est accentué à l'avant de mon crâne, mes yeux piquent comme si je les avais frottés avec de l'herbe à poux.

Noémie n'a pas fière allure, elle non plus : des miettes de burger partout sur son linge, ses gants de contrôle dans ses mains, elle dort de son côté, avec la bouche grande ouverte. Elle a un de ces ronflements mouillés ; elle sonne comme un drain d'évier bouché qui suce son air.

Quand elle se lève, c'est à peine si elle me voit : elle secoue les miettes de son coton ouaté avant de rallumer le projecteur.

— Tu veux jouer à quelque chose ? me demande-t-elle en sélectionnant le prochain épisode de sa stupide émission.

— Non.

Vraiment, je n'ai envie de rien. Les hologrammes me donnent le tournis, Jocelyn et Claudie s'amusent à l'école, ma sœur s'est transformée en larve humaine... Je ne pensais jamais dire ça un jour, mais il me semble que j'irais prendre l'air. Même en béquilles, ça me ferait du bien de me dégourdir les jambes. Chaque fois que je sors de notre chambre, par contre, il y a la voix de Sésame qui me demande où je vais. Il me propose un nouveau film, un nouveau jeu. Partout où je boite, il y a des publicités holographiques qui me sautent au visage: «As-tu vu *Histoire de jouet 6*?»; «As-tu joué à *Never Dead V*?»

C'est agressant, on croirait vivre sur un site de téléchargement illégal!

Pour dîner, notre gardienne artificielle nous fait livrer des hot-dogs et des rondelles d'oignon suintants de graisse: beurk. Je pense avoir mangé plus de friture en quatre jours que j'en ai mangé durant toute l'année. En après-midi, je regarde ma sœur se bourrer la face devant son émission et j'attends. J'attends que l'école se termine. Jocelyn ne viendra pas, il a son cours de karaté, mais Claudie... Après m'avoir laissé tomber hier, je ne peux pas croire qu'elle m'oubliera deux soirs de suite.

Seize heures arrivent. Ti-Caca et moi allons nous planter devant la fenêtre du coin salon. Les minutes passent. Des barres de savon de toutes les couleurs roulent sur le chemin du Héron, de l'autre côté des arbres... Mais aucune ne tourne dans l'allée du LAIR. À seize heures vingt, le bus duquel est descendu Jocelyn hier apparaît à l'intersection du boulevard, mais il traverse mon champ de vision sans jamais ralentir.

J'appuie mon front contre la vitre, découragé.

— Maudites couilles...

— Gabriel, ça ne va pas? me demande la voix synthétique de Sésame.

Son œil le plus près est fixé au coin du plafond, à ma droite. J'ai l'impression de sentir ses capteurs se tourner vers moi.

— Je pensais que Claudie viendrait me voir...

— Je comprends.

Ouais. Il comprend, mais je parie qu'il avait anticipé le coup, puisqu'il n'a pas cru bon d'agrandir l'aire ouverte, aujourd'hui. Un algorithme complexe a dû lui permettre de calculer les probabilités de son absence, c'est sûr.

La mine basse, je m'éloigne de la grande fenêtre. Une marque est laissée là où mon front la touchait. Je vais m'échouer sur le divan, aux côtés de Ti-Caca, qui s'enroule en une petite boule de poils.

— Désireriez-vous que je contacte Mlle Bégin? reprend le programme. Je pourrais vous mettre en communication.

— Non, non, ça va... Elle doit être avec les amies de son double. C'est important pour son intégration, je veux pas la déranger.

— Très bien.

Je pousse un profond soupir. Ti-Caca relève la tête. Comprend-il ma déprime? J'ai déjà lu quelque part que les chiens ressentaient ces choses-là. Je gratte le pug qui se rendort aussitôt.

— Aimeriez-vous que je devance l'heure du souper? propose Sésame. Plusieurs articles consultés soutiennent que la nourriture contribue à la bonne humeur.

Ce n'est pas fou. Je n'ai rien mangé depuis hier, et la faim me creuse l'estomac. Mais l'odeur de friture me revient aux narines et le haut-le-cœur est instantané.

— Non, merci, Sésame. C'est gentil. Si tu veux m'aider, peux-tu me dire où je peux trouver un manteau? Ça pis les vêtements que j'avais en arrivant, la semaine passée.

— Bien sûr, Gabriel. Pour quelle raison?

— Je vais aller prendre l'air, quelques minutes. Ça va me faire du bien, je pense.

Il y a un temps mort. C'est absurde, je le sais, mais le voyant vert du salon me donne l'impression qu'il me fixe dans son globe. Quand Sésame reprend la parole, sa voix calme et posée me surprend par sa réponse :

— Malheureusement, ce n'est pas possible.

Mes doigts sur Ti-Caca cessent de gratter son pelage.

— Sésame, t'es sérieux ?

— Aimeriez-vous jouer à *Never Dead V* ? répond-il en changeant de sujet. Je ne crois pas que vous l'ayez essayé.

D'un coup, le projecteur holographique du coin salon s'active. Les fenêtres autour de moi s'opacifient tandis que s'animent les images tridimensionnelles des zombies virtuels. De cette maison moderne, je suis transporté dans une station-service délabrée et infestée de morts-vivants affamés. Ti-Caca sursaute quand éclatent les coups de feu de la bande-annonce.

— Sésame, non ! Je veux pas jouer à ça, j'ai besoin de bouger.

— Très bien. Dans ce cas, je vous suggère *À la montagne VI*. Il s'agit d'un simulateur de plein air coté cinq étoiles par une majorité d'utilisateurs.

En une fraction de seconde, les monstres en décomposition se métamorphosent en pins et en épinettes qui se multiplient le long d'un sentier terreux :

— Avec ses deux cent quatorze pistes modélisées et les nouvelles fonctions de personnalisation du climat, promet la publicité, *À la montagne VI* vous offre...

Je crois rêver. Pendant que l'annonceur me décrit les options climatiques du jeu, un vent léger siffle entre les aiguilles des conifères. Le ciel au-dessus de la forêt s'obscurcit, les bourrasques de plus en plus puissantes font craquer la cime des arbres, puis tombent les premières gouttes d'une averse en devenir.

— OK! Arrête! J'ai compris, dis-je en me levant d'un bond.

Je chasse les hologrammes en balayant l'air de mes bras.

— Je vais marcher sur le terrain, il y a personne qui va me voir. Si Philippe a un problème avec ça, il a juste à m'inventer une combinaison d'invisibilité ou je sais pas quoi.

Je boite jusqu'à la double porte et dicte la commande d'ouverture. Je prononce celle de mes béquilles, dont les tiges métalliques jaillissent des manches de mon coton ouaté. Les poignées s'assemblent dans mes paumes, puis j'attends... mais rien ne se produit. La porte demeure close.

— Sésame, t'es sourd? Ouvre-toi, j'ai dit.

— Malheureusement, ce n'est pas possible, répète-t-il comme la voix automatisée d'une boîte de messagerie vocale. Le Dr Landry travaille très fort pour...

Argh ! Je ne veux plus l'entendre, celle-là !

Rétractant mes béquilles, je fais demi-tour vers l'escalier central. Je le gravis à deux jambes, réprimant la douleur derrière une grimace, et je vais me planter sur le seuil de la salle de jeux. Elle est toujours en mode « chambre ». Noémie n'a pas bougé d'un poil, avachie sous les couvertures, absorbée par les images virtuelles qui illuminent la pièce de leur éclat. Le bruitage est assourdissant, les dialogues menacent de me percer les tympans.

Des cernes sous les yeux, ses cheveux sales noués sur le dessus de sa tête, ma soeur fixe les personnages de son émission.

— No, on peut parler deux secondes ?

Aucune réaction. Pas même un spasme oculaire dans ma direction.

— Noémie, s'il te pl...

— Shhh ! me fait-elle. Après l'épisode.

Noémie augmente le volume de la projection en tournant un bouton imaginaire à l'aide de ses gants de contrôle. Frustré, je recule dans le couloir en marmonnant : « Tu vas voir, qu'elle disait, c'est comme des vacances... » Des vacances plates en couilles, ouais ! Je comprends qu'il ne faut pas compromettre les efforts de Philippe. C'est primordial qu'il retrouve nos doubles perdus et les guérisse, mais là ! De là à nous enfermer vingt-quatre heures sur vingt-quatre avec une gardienne artificielle, il y a des limites. Croit-il que nous rendre obèses en nous engraissant de malbouffe nous enlèvera l'envie de sortir ?

Je lève les yeux vers le voyant vert et brillant dans le coin gauche du plafond. Il me fixe avec insistance, comme l'œil d'un lynx lorgnant sa proie.

S'il pense pouvoir me contrôler, il ne sait pas à qui il a affaire.

CHAPITRE 7

Mercerdi. Une main posée sur la rampe, je descends l'escalier dans mon coton ouaté. Un ensemble gris, c'est ce que j'ai choisi aujourd'hui. Il est onze heures du matin – onze heures trente, presque –, mais on ne le croirait pas tellement il fait sombre. D'épais nuages recouvrent le ciel aujourd'hui. Le genre de nuages foncés et bas qui menacent de s'échapper à tout moment. J'ignore s'il pleuvra, mais ainsi privée de soleil, la maison toute en fenêtres est plongée dans la grisaille. Une journée parfaite pour mettre mon plan à exécution.

Philippe n'est pas rentré dormir, hier soir. Encore. Je le sais puisque moi non plus, je n'ai pas fermé l'œil. Bon... J'exagère. J'ai dormi quelques heures, mais une bonne partie de la nuit, je l'ai passée sur le dos, les yeux grands ouverts, à me faire aller les méninges pendant que Noémie ronflait sur le lit d'à côté.

J'élaborais mon plan d'évasion, mais surtout, j'attendais. Patiemment. Je comptais les secondes avant que le voyant de Sésame ne s'éteigne dans notre chambre. Je l'avais vu faire à quelques reprises ces derniers jours, et je me souvenais de ce qu'avait dit Philippe vendredi, à l'heure du souper : quatre fois par jour, Sésame effectue une mise à jour de sa base de données. L'opération dure environ deux minutes. Les appareils fonctionnent normalement, mais lui, il demeure hors ligne pendant ce temps.

Sésame n'a plus aucun contrôle, complètement inactif.

Pas besoin d'être en maths fortes pour le comprendre : ces mises à jour se font tous les jours aux mêmes heures. Et il était dix-huit heures, vendredi, au moment du premier arrêt de service. Si je pouvais seulement confirmer que les prochains auront lieu à intervalles réguliers, je pourrais mettre mon plan en branle.

Alors je patientais, les yeux rivés au dispositif dans son globe protecteur, au-dessus de la porte. Lui, il semblait me fixer en retour, comme un Sauron à l'œil vert surveillant son anneau à l'autre bout de la Terre du Milieu. Puis, à minuit tapant, la lumière s'est éteinte. J'ai tout de suite su ce que je devrais faire aujourd'hui.

— Bonjour, Gabriel, me salue Sésame quand j'arrive au pied de l'escalier. Il est très tard, vous devez avoir faim. Le déjeuner est servi.

Je tourne la tête vers le coin cuisine, par-dessus mon épaule. Une dizaine de sacs en papier brun moisissent sur le comptoir. Des petits et des grands, tachés de graisse pour la plupart. Et dont le contenu est sûrement froid, à l'heure qu'il est.

— Qu'est-ce que c'est ? Des sandwichs déjeuner ?

— Ce sont des burritos déjeuner. J'ai relevé dans ma base de données que vous aviez aimé ce repas, la semaine dernière.

C'est vrai. La première fois, c'était bien. Cinq jours plus tard, par contre, je peux presque sentir la couche de graisse et de friture qui tapisse l'intérieur de mon estomac comme un papier peint. Un corps humain n'est pas fait pour ingérer autant de sucre, de sel et de graisse en si peu de temps, je le sais aujourd'hui.

Je m'approche de la malbouffe en retenant ma respiration.

— T'as raison, Sésame, j'ai vraiment faim. Mais des burritos, je sais pas... Je pense que j'ai envie d'autre chose.

— Bien sûr, Gabriel. Sentez-vous libre de vous préparer à manger. L'espace cuisine et tous ses appareils sont à votre disposition.

À ces mots, un déclic retentit dans mon angle mort. Je pivote sur ma jambe pour voir les portes du réfrigérateur et des armoires s'ouvrir en simultané. À l'intérieur des armoires s'alignent des dizaines et des dizaines de paquets de pâtes spaghetti ; dans le réfrigérateur, un aussi grand nombre de pots de sauce à la viande et de cornichons.

— Hum...

L'étonnement dure un instant. Je me souviens des recherches que j'avais menées il y a deux ans, pour un exposé oral. Il fallait présenter à la classe un pionnier moderne et j'avais choisi Steve Jobs, le fondateur de Apple et créateur de l'iPhone. Parce qu'il voulait consacrer le plus de temps possible à ses inventions, il portait tous les jours les mêmes jeans et le même chandail noir à col. C'est tout ce qu'il y avait dans sa garde-robe.

J'imagine que Philippe applique le même principe à ses repas.

Je me croise les bras comme si je réprimais un frisson : s'il savait comment il vient de faciliter mon plan !

— Ah, c'est bien, dis-je de ma voix la plus faible et tremblante. Mais je me sens pas super bien, ce matin... Est-ce qu'on a de la soupe quelque part ? Une bonne soupe poulet et nouilles, il me semble que ça me ferait du bien.

— Malheureusement, il n'y a pas de soupe dans la maison, répond aussitôt la voix synthétique de l'intelligence artificielle. Aimeriez-vous que je passe une commande ?

— Ouais, s'il te plaît. C'est gentil...

— Bien sûr, Gabriel. Je commande une soupe poulet et nouilles. Elle arrivera dans... trente minutes, selon mes estimations.

Je remercie l'œil de la cuisine, dont le voyant brille naïvement dans son coin. Feignant une toux, je lui annonce que je vais m'étendre d'ici là.

— Sans problème, répond la voix.

Me traînant jusqu'au coin salon, j'ordonne au divan de se changer en lit, comme le font ceux de la salle de jeux. Je m'empare des oreillers et des couvertures dans le compartiment qui s'ouvre, puis je me couche en boule, dans un gros amas difforme de duvet et de coton. Il est onze heures vingt-huit, affiche le projecteur holographique. Excellent. Si je ne me trompe pas, la prochaine mise à jour devrait s'effectuer à midi.

Je demande à Sésame d'opacifier les grandes fenêtres, et le programme s'exécute, plongeant la maison dans l'obscurité.

Pfff! Hahaha!

Une «intelligence artificielle» qu'on appelle ça. Je la trouve un peu niaiseuse, moi. Jusqu'à présent, mon plan fonctionne à merveille. Chaque minute qui passe me rapproche de ma liberté! Je frétille d'anticipation, mais tout n'est pas rose non plus. Je pense à Noémie, que j'entends à l'étage. Un nouvel épisode de son émission débute. La chanson thème du générique d'ouverture résonne dans l'escalier central.

J'aurais aimé qu'elle m'accompagne aujourd'hui, ce qui aurait fait de nous deux complices en cavale. Ce matin, en attendant mon heure, j'ai bien essayé de lui en parler, de la secouer un petit peu, mais il n'y avait rien à faire. Depuis qu'elle s'est assise devant ces hologrammes, ma sœur est plongée dans un état végétatif profond. Presque catatonique. Mais bon... Elle aussi a traversé une semaine éprouvante. Elle n'a pas choisi de se faire enlever par le double interdimensionnel de son père disparu. Ce n'est pas rien. Du moment qu'elle est en sûreté, tant mieux si ses émissions l'aident à composer avec tout ça.

À onze heures cinquante-sept, un bourdonnement perce les pleurs des hologrammes à l'étage. Ah! Sûrement le drône qui s'amène. Je voudrais rendre aux fenêtres leur transparence pour le vérifier, mais il faut absolument que Sésame me croie endormi. Le bourdonnement se rapproche de la maison ; le bruit me rappelle celui d'un rasoir électrique. Il n'y a plus de doute : la phase finale de mon plan s'enclenche. Un déclic retentit et Sésame, qui doit voir notre visiteur à travers son œil extérieur, ouvre finalement une porte.

Onze heures cinquante-huit : le drône de livraison pénètre l'aire ouverte. Des hélices blanches et jaunes tournoient aux extrémités des bras fixés à sa base, et de petites pinces s'accrochent à une boîte en carton suspendue sous celle-ci.

Onze heures cinquante-neuf: le drône atterrit sur la table à manger. Ses pinces relâchent le colis avant de se rétracter. L'appareil reprend en altitude, lentement. Il repart en direction de la porte, que Sésame n'a toujours pas refermée.

Treize secondes avant midi... douze secondes: ma gardienne artificielle ne se doute de rien. Emmitouflé dans les couvertures et les oreillers, j'aperçois, entre deux replis, un de ses voyants briller en toute quiétude, dans le coin cuisine.

Sept secondes... six secondes: le drône passe finalement la porte. Un déclic retentit dans l'aire ouverte, puis, dans la tension du moment, je le remarque pour la première fois: le léger bruissement mécanique du dispositif de fermeture de la porte – non, non, non! Je vais manquer ma chance!

Trois secondes... deux secondes: le battant se referme tranquillement. Un centimètre à la fois. Continuera-t-il sa course quand Sésame tombera hors service? Sésame tombera-t-il hors service? Et si le programme retarde sa mise à jour lorsqu'il est au milieu d'une tâche? Couilles! Je n'ai pas pensé à ça!

Une seconde: ma respiration sous la couverture chauffe mon visage. Ça y est. L'heure fatidique a sonné. Le projecteur au-dessus de ma tête affiche midi. Je regarde l'œil de verre fixé plus loin : le voyant est éteint.

Hein ! Pour vrai ?

Je tends l'oreille. À part les engueulades des hologrammes à l'étage, il n'y a plus que le bourdonnement du drône, que j'entends s'éloigner à l'extérieur. Le mécanisme de la porte, lui, est complètement silencieux. Je bondis du lit pour constater l'incroyable : Sésame a bel et bien enclenché la mise à jour de sa base de données, volontairement ou pas. Le battant gauche de la double porte est demeuré entrouvert.

Oh, ouais ! Hahaha !

Je voudrais sauter de joie, mais je choisis de m'en abstenir. Ma cheville commence tout juste à guérir, je m'en voudrais de la tordre de nouveau. Non seulement ça, mais Sésame ne restera pas longtemps hors ligne. Rapidement, je replace la couette et les oreillers comme si j'étais toujours en dessous. Puisque l'endroit est plongé dans la pénombre, il y a une chance que Sésame n'y voie que du feu, à travers l'objectif de ses caméras. Tout dépend de ce qu'il est en mesure de détecter.

Déployant une béquille, je m'avance vers la porte entrouverte, quand une brise souffle une traînée de feuilles mortes par l'entrebâillement : ouf ! Elle est froide, la liberté ! La voie est libre, mais ces cotons ouatés ne sont pas assez chauds. Je jette un œil affamé vers la boîte de soupe, sur la table, derrière moi. Les voyants des globes de verre ne se sont toujours pas rallumés...

Je sautille vers la table et déguerpis en moins de deux.

L'air froid qui me chatouille les narines, les feuilles mortes qui craquent sous mes pieds : enfin dehors !

M'aidant d'une béquille, je remonte le chemin du Héron. Dans ma main gauche fume ma soupe dans son contenant ouvert. Il doit faire autour de dix degrés, peut-être moins. Le bouillon n'a pas mis de temps à refroidir, mais il est encore assez chaud pour que je le sente descendre dans mon ventre : une délicieuse sensation.

Je rejoins le boulevard du Harfang en quelques minutes. Moi qui m'imaginais tomber sur un feu de circulation holographique géant projeté en l'air, cette version de L'Avenir n'a pas fini de me surprendre : des feux de circulation, il n'y en a pas du tout. D'un bout à l'autre de mon champ de vision, les grandes lumières rouges et vertes que j'ai toujours vues surplomber la route ont toutes disparu – les voitures autonomes n'en ont-elles pas besoin ? Apparemment pas : un de ces prismes sur roues file vers l'intersection, alors qu'un autre véhicule traverse le boulevard d'est en ouest. Les deux voitures ajustent leur vitesse... et se croisent sans jamais se toucher.

Wow! Ce doit être un méchant spectacle de les voir aller par centaines à l'heure de pointe. J'avale une gorgée de soupe en me retournant... Oh, non! Le Monsieur Burger! En levant les yeux vers la bâtisse, je m'attendais à voir la vieille pataterie, qui croule depuis toujours à cet angle du boulevard – il y a une semaine que je suis venu y rejoindre Elliot, avant que Jocelyn ne me tabasse dans le stationnement –, mais le Monsieur Burger n'est plus. À sa place se tient le Boustan, un restaurant libanais à la devanture rouge et moderne.

Tout à l'heure, en sortant du LAIR, j'ai ri en découvrant que notre dépanneur avait été transformé en salon de beauté à L'A2 : « Faux cils, faux ongles, vraie beauté! », disait le lettrage fuchsia dans la vitrine.

Perdre le Monsieur Burger, par contre...

La tête haute, le dos droit, j'effectue un salut militaire en l'honneur de mon restaurant favori : à la mémoire de tes frites, de tes pots de ketchup vides et de tes tables collantes, à la tienne, mon vieux! Je jette le reste de ma soupe dans une poubelle municipale.

Et l'école, maintenant... Comment je m'y rends?

De l'autre côté du boulevard, un large autobus rectangulaire roule en direction nord. Blanc et vert, celui-là. À l'intérieur, deux dizaines d'adultes fixent leurs bracelets connectés, jouant avec leurs hologrammes d'une main gantée : hein ! Le bus de ville, la version autonome de la ligne neuf, que j'ai dû prendre des milliers de fois, dans mon univers ! Il s'immobilise au coin du chemin du Héron et trois personnes en descendent. Exactement ce qu'il me faut.

CHAPITRE

8

Ce doit être mon jour de chance. D'abord, parce qu'un autobus passait par là au bon moment, mais surtout parce qu'à L'A2, il semble que les transports collectifs soient gratuits. En tout cas, personne dans l'autobus n'a dressé le moindre sourcil quand je suis monté à bord et que je suis allé m'asseoir sans payer. De toute façon, ce n'est pas comme s'il y avait eu une borne de paiement à l'entrée ! Il n'y avait que des sièges et des barres de soutien d'un bout à l'autre du véhicule. Même que j'ai eu l'air fou en descendant à l'intersection de la 34e Avenue quand, par réflexe, j'ai remercié dans le vide un chauffeur qui n'était pas là.

Gros niaiseux...

Je marche à travers un quartier résidentiel, un coin de la ville quand même nanti. La rue menant à l'école contourne un terrain boisé, qui attend d'être remplacé par toujours plus de maisons et de piscines hors terre. Puis la masse brunâtre d'arbres à moitié dégarnis découvre la façade de l'École secondaire de

L'Avenir. Ah! Ma bonne vieille école, presque pareille à celle que j'ai laissée.

Quand on arrive de ce côté, c'est le bloc sportif qu'on aperçoit en premier. Suivent à sa droite l'entrée du personnel et les bureaux de l'administration. Des dizaines d'élèves ont envahi le stationnement des autobus en leur absence. Plusieurs jouent au basketball, certains se cassent la gueule en *skateboard* : parfait! L'heure du dîner n'est pas encore terminée. Jocelyn et les autres doivent être à la cafétéria, je ne les vois nulle part à l'extérieur.

Je traverse le débarcadaire en direction de l'entrée des élèves, qui donne directement sur l'aire des casiers. Ici aussi, les portes sont sans poignée, comme la plupart de celles que j'ai croisées sur mon chemin, d'ailleurs. Un planchiste qui me devance s'approche d'une d'entre elles avec ses genoux écorchés. S'arrêtant devant le battant vitré, il lève le menton vers l'objectif d'un dispositif similaire aux globes de Sésame fixé au-dessus de chaque porte – un système de reconnaissance faciale, peut-être? Rien de comparable au programme d'assistance domestique de Philippe, en tout cas.

Le voyant rouge tourne au vert ; la porte s'ouvre à l'élève, qui franchit nonchalamment le seuil – et moi, alors? Parions que le système n'autorisera jamais l'accès à n'importe quel visiteur interdimensionnel! La porte se referme progressivement. Je presse le pas, et, ma taille de hobbit mourant aidant, je me glisse entre le cadre et le battant, qui manque de me pincer une fesse – fiou ! Je suis entré dans l'école.

Ça grouille de monde dans l'aire des casiers : les rangées sont bondées de secondaires un à cinq, des sacs à dos par dizaines s'accrochent au passage, des conversations confuses bourdonnent autour de moi. La bonne nouvelle, c'est que personne ne semble se demander qui je suis. Pas plus qu'on ne remarque mes cotons ouatés gris et laids.

Moi, par contre, je reconnais plusieurs visages. Des visages qui ont drastiquement changé, pour certains !

Rétractant ma béquille, j'avance à travers la foule. En tournant le coin, mon cœur saute un battement quand je tombe sur une version gothique de Mariloupe : les cheveux noirs d'un côté, rasés de l'autre, une cape tombant sur sa robe en cuirette rouge et lacée, son double à elle a troqué les grosses lunettes en fonds de bouteilles contre des verres de contact mauves et un serre-tête greffé de fausses oreilles de loup.

— Te me cherches, *loser* ? m'assène-t-elle en faisant claquer la porte de son casier.

— Hum, non, non...

— Simple mortel.

Elle me contourne avec un air menaçant. Je retiens mon souffle, terriblement mal à l'aise, puis Marilouve – je sais, c'est facile – s'éclipse dans le trafic des élèves derrière moi. Wow! Mieux vaut ne pas la fâcher, celle-là...

M'étant ressaisi grâce à cette rencontre inusitée, je poursuis mon chemin vers la cafétéria. À l'heure qu'il est, bon nombre de tables ont été désertées, toutes sales et abandonnées par leurs occupants du jour. Les groupes restants ont aussi fini de manger. Ceux-ci, n'ayant nulle part où se tenir, discutent ici en attendant la cloche.

— Hé! C'est-tu Gab Landry, ça? dit une voix familière, qui s'élève au-dessus des autres. Gab! Ici!

Une main s'agite en l'air. Je reconnais Théodore Paquin, qui m'invite à le rejoindre à sa table. Ah! Les voilà! À sa droite est assis Jocelyn, qui me regarde d'un air perplexe. Laurent et Annabelle me sourient de l'autre côté, juste en face d'une tête frisée et rousse, qui, elle, ne se retourne pas pour m'accueillir: Ludovick, mon « meilleur » ami qui a voulu me lancer au fond du *pit*.

Ouais. Ce Ludovick-là...

— Hé! Haha! Théo! que je m'exclame en m'approchant.

— Ça va, mon gars? Je pensais pas te voir ici, Jocelyn nous a dit que t'étais censé rester au LAIR, avec ton père.

Il fait claquer sa paume dans la mienne. Comme toujours, il a la tête enfouie dans le capuchon d'un grand kangourou. Quoique jaune, celui-là, contrairement au rouge qu'il portait à L'A1. Il l'a trouvé dans la garde-robe de son double, je suppose.

— Ouais, ouais, je sais, que je lui réponds en m'asseyant face à lui. Le double de mon père, en tout cas. Il a une méchante baraque de fou, c'est le paradis. Mais un moment donné, un gars a besoin de se dégourdir les jambes, pas vrai?

— Haha! Je comprends ça!

Du coin de l'œil, je vois Ludovick incliner la tête à ma droite. Il détourne légèrement le regard quand je porte le mien vers lui.

— Pis vous autres, comment va la vie à L'A2? Ben... Ici, je veux dire. C'est comme ça que j'appelle cet univers-là. L'Avenir-2, L'A2...

— Ah! *Dude*, c'est complètement fou, reprend Théo. Moi, au début, j'étais pas sûr. Ton père, le Dr Landry, il m'a fait peur en sale, avec sa maudite machine. Il m'expliquait ses affaires, pis je sais pas... Mais il m'a reconduit chez nous, pis ici, à L'A2, comme tu dis, ma mère a *dumpé* son imbécile de chum. La vie est belle, *man*.

— Cool!

Avant de l'oublier, je lui apprends que nous avons retrouvé sa guitare au *pit*. Il m'en remercie, mais précise qu'ici, son double possède des instruments de bien meilleure qualité. Il fera tout en son pouvoir pour les ramener avec lui dans notre univers – ah bon! Moi qui croyais que les musiciens développaient un attachement sentimental envers leurs instruments... Décidément, je ne comprends rien à la musique.

Laurent et Annabelle se chuchotent des mots à l'oreille de leur côté. Ils ramassent leurs boîtes à lunch en se levant.

— Nous aussi, on est pas pire chanceux, commence le premier. Écoute, on doit y aller, mais content que tu te joignes à nous, Gabriel! Si jamais tu veux sortir de cette maison-là, hésite pas. J'ai un étage au complet à moi chez nous, pis je passe pas mal de temps chez Anna, ces temps-ci. Il y a en masse de place, si t'en as besoin.

— Hum... OK. C'est gentil, merci.

Annabelle et lui nous saluent, puis tous deux s'éloignent vers l'aire des casiers en se tenant la main : hein! Leurs doubles formaient-ils un couple à L'A2? Pauvres eux! À moins que... Laurent et Annabelle ont été les premiers à débarquer ici, des semaines avant que Théo ne se fasse enlever lui aussi. Serait-ce possible qu'ils soient vraiment tombés amoureux?

Assis sur mon tabouret, je me retourne face aux gars.

— Ouais... C'était bizarre, ça !

— De quoi tu parles ? demande Théo

— Ben là, je parle de Laurent. Ce qu'il vient de me proposer... Je suis ben content de le revoir, mais pourquoi j'irais vivre chez lui ?

Sous sa capuche, ses airs de bon rieur s'embrouillent légèrement. Théo échange des regards avec Jocelyn et Ludovick avant de me répondre.

— *Dude*, prends-le pas mal, mais ton père... Il est bizarre, un peu. J'ai essayé de lui parler une couple de fois, quand j'étais encore au LAIR, mais il répondait à moitié. Il avait juste hâte que je m'en aille, on dirait.

— Ah. OK...

— Ouais. Pis ça, c'est en plus de Sésame, son programme d'assistance de je sais plus quoi. Il est là pis il te surveille partout où tu vas, tu peux pas ouvrir une porte sans lui demander la permission !

— Ben là, attends une minute. C'est pas si pire...

— Ben, la gang pis moi, on trouve que oui. Je te le dis, à vivre au LAIR, on se croirait dans *2001 : Odyssée de l'espèce*.

Ludovick et moi avons un spasme nerveux simultané.

— *2001 : Odyssée de l'espace*, le corrigeons-nous en chœur.

Surpris par cette pointe de complicité, je tourne les yeux vers le rouquin, qui abaisse les siens au sol. Lui et son air abattu se lèvent et partent en direction des casiers. Bon... Mon ancien meilleur ami doit avoir honte de m'avoir traité aussi mal pendant si longtemps : tant mieux ! Ce n'est certainement pas moi qui vais me plier en quatre pour nous réconcilier.

Je me retourne vers Théo, qui semble déjà avoir oublié le sujet de notre conversation. Il lèche son index après l'avoir frotté au fond d'un pot de yogourt.

— En tout cas, dis-je en m'accoudant nonchalamment sur la table, pour Philippe, vous savez pas de quoi vous parlez. Il travaille souvent, mais il est super content de nous avoir avec lui, ma sœur pis moi. On mange ensemble tous les soirs.

— Ah ouais ?

Non. Mais Théo n'est pas obligé de le savoir. Tout va pour le mieux dans le meilleur des univers, ce n'est pas lui qui m'en fera douter. Balayant la cafétéria du regard, j'aperçois une figure familière entre son épaule et celle de Jocelyn. Au fond de la salle, un grand brun en veste de jeans s'approche d'une table innoccupée.

— Hé, Théo... C'est-tu Elliot ?

— Hein? fait-il en suivant mon regard derrière lui. Ah merde... Ouais, c'est lui. Nos doubles ici sont amis aussi, mais bon. J'ai de la misère à faire semblant, mettons. À L'A2, comme tu dis, Elliot joue pas de musique.

— Ouais pis? C'est quoi le problème?

Au loin, le double d'Elliot grimpe sur la table jonchée de déchets. Les cheveux en bataille, un long foulard tombant sur sa veste, il projette un document holographique à l'aide de son bracelet connecté. Théo soupire bruyamment.

— C'est un poète...

Oh! À ces mots, le double de notre ami sur la table attire l'attention des élèves aux alentours. D'une voix chargée d'émotion, il récite les vers qui défilent sous ses yeux. Des huées se font entendre dans la cafétéria, tandis que Théo enfonce sa tête encore plus loin dans son capuchon.

Je pouffe de rire. Appuyé sur ses coudes, ses grosses mains jointes sous son double menton, Jocelyn n'a pas le cœur à rire. Pourtant, rencontrer la version *hipster* d'Elliot, assister à son humiliation publique, c'est exactement le genre de scène qui devrait lui faire remuer le gras de cou. Où sont les rires? Où sont les «chochotte»?

— Hé, Joce. T'es correct? que je lui demande.

— Hum? Ben ouais, pourquoi?

Se secouant hors de la lune, il s'active et commence à ranger les déchets de son dîner qui traînent devant lui, sur la table.

— Pour rien, je sais pas. Comment s'est passé ton théâtre, hier?

— Correct.

Théo, à côté, se retient pour ne pas sourire, mais la brute l'aperçoit quand même. Elle se crispe en le fusillant d'un regard assassin. La boîte de jus de fruits dans son poing s'écrase : un jet de jus asperge son cou.

— Ah! Merde! rugit-elle.

Une tache rougeâtre s'étend du col de son polo pastel à son épaule. Frustré, Jocelyn s'empare d'une vieille serviette en papier pour essuyer son dégât.

— Ah ouais, c'était si pire, hein? dis-je pour compatir avec lui.

— Je veux pas en parler. Je veux finir la journée, je veux aller à mon cours de karaté pis je veux me défouler sur la première chochotte que je vois.

— Je comprends.

Ça, oui : je le comprends et ça me rassure, d'une certaine façon. Je suis content de savoir que je ne suis plus le seul pour qui les choses ne se déroulent pas tout à fait comme prévu, à L'A2.

— Si tu veux, Joce, on pourr...

— Ah non, lâche-t-il.

Mon ami a cessé de frotter son polo. Ses yeux rivés droit devant lui, il fixe quelque chose par-dessus mon épaule.

— Ben voyons. Qu'est-ce que tu regar...

Mais je ne termine pas ma phrase. Un trio de filles émerge de l'aire des casiers : *TROIS*... La première, toute de mauve vêtue, se déplace rondement sur ses jambes, des jambes si grosses et si lourdes qu'elles se divisent en huit quand elles bougent, comme les huit tentacules d'Ursula, qui glisse et qui se traîne au fond de l'océan, un poisson pris au piège entre ses longues dents pointues... *DEUX*... La deuxième, beaucoup plus maigre, squelettique, marche sur la pointe de ses os, qui grincent et qui craquent sur le plancher, lui donnant l'air de flotter dans son grand manteau de fourrure blanc et noir, dont raffolerait Cruella d'Enfer... *UN*... La dernière et non la moindre, couverte de bijoux, avance à petits pas de reine, toute enveloppée dans ses foulards et sa longue veste sombre, qui traîne au sol derrière elle. Ses cheveux remontés en couronne châtaine, c'est à peine si je reconnais notre amie, qui se pavane entre les deux autres : Claudie ! Ce sont elles, les amies de son double ?

ACTION.

CHAPITRE
9

Jocelyn, face à moi, se crispe sur son siège. Je peux presque entendre ses molaires grincer les unes contre les autres. Il fixe le cortège royal, qui avance vers notre table, dans l'allée centrale de la cafétéria. Les élèves sur son chemin s'écartent sans hésiter. Pareil pour Théodore, qui n'attend pas qu'on le lui dise : il va rejoindre Elliot à sa table et l'entraîne le plus loin possible, dans le local de la radio étudiante.

Ça ne promet rien qui vaille...

— Ah ben, ah ben ! aboie Ursula. Regarde qui est là ! Qu'est-ce que t'as sur l'épaule, mon gros Jocelyn ? As-tu oublié comment manger ?

Elle s'esclaffe d'un gros rire gras, mouillé.

— Ben non, ma fille, la contredit Cruella. Ce doit être Marilou, la petite vampire, qui l'a mordu dans le cou. Elle pis lui avaient leur cours de théâtre, hier soir. Pas vrai, mon loup ?

Mais c'est pas comme ça qu'on *frenche*! Personne vous a montré comment faire? le nargue-t-elle en se penchant vers lui.

Les deux affreuses éclatent de rire. Elles s'époumonent devant Jocelyn, qui serre les poings en silence. Il ne lèverait jamais la main sur des filles, mais il ne se gênerait pas pour leur clouer le bec, en temps normal. Pourquoi donc reste-t-il muet? Claudie, elle, n'est pas bien mieux. Elle regarde la scène sans rien dire, avec un petit sourire en coin. Tout ça pour ne pas trahir son identité? Couilles! Et moi qui voulais entrer et sortir d'ici incognito...

Je ne peux pas rester les bras croisés.

— Si Jocelyn s'était fait mordre par une vampire, dis-je en me levant, votre haleine d'ail l'aurait déjà tué, vous pensez pas?

Ursula et Cruella se taisent net. Elles me dévisagent dans toute leur laideur, devant Claudie qui rougit à vue d'œil. Hochant subtilement la tête, son regard médusé me supplie de me rasseoir. Ah ouais? Tiens, toi: je déploie mes béquilles pour m'ancrer encore plus solidement au sol. La pieuvre humaine retrouve aussitôt la parole.

— Awww! Qui c'est qu'on a là? Un petit nouveau? dit-elle en étirant vers moi un de ses tentacules visqueux.

— Un *très* petit nouveau, précise Cruella, qui s'approche en se trémoussant dans son manteau de fourrure. Mais attends une minute, tu me dis quelque chose, toi... On se serait pas déjà vus par hasard ?

Impossible. Dans mon univers ou ici, je ne les ai jamais vues nulle part. Laides comme elles le sont, je les aurais remarquées !

— Hé, Claudie, dis donc à tes horreurs d'aller se changer. L'Halloween est pas encore arrivée.

Toutes deux se tournent vers le troisième membre du trio, scandalisées.

— Claudie Bégin ! Tu connais le microbe ? de s'énerver le tas d'os dans son manteau de fourrure.

— Euh, non, vraiment pas ! s'empresse-t-elle de répondre. Je... je l'ai croisé au LAIR pendant mes traitements, mais c'est tout. S'il pense qu'on s'est déjà parlé, c'est parce qu'il a dû rêver à moi.

Et encore ce rire épouvantable, comme deux chats de gouttière qu'on aurait enfermés dans une sécheuse en marche. Je regarde vers Jocelyn, qui secoue la tête derrière moi. Lui non plus, il n'a pas l'air bien content. Cruella m'examine de haut en bas, comme si elle n'avait pas remarqué mon attirail de coton au premier coup d'œil.

—Aaah! C'est pour ça qu'il est habillé laid de même! Regardez ça, les filles, les petits joggings gris, la casquette qui *matche*...

—As-tu eu peur du méchant docteur, mon petit garçon? renchérit Ursula qui se délecte de sa propre mesquinerie. C'est pour ça que tu t'es sauvé en courant?

Et Claudie, qui rigole avec elles, dans ses beaux grands habits. Tant pis pour elle. La petite reine a trop parlé, je sais exactement comment faire déguerpir les rapaces.

—Ouais, c'est en plein ça. Je me suis enfui du laboratoire. Les traitements fonctionnent pas sur moi. Je suis encore infecté par la bactérie.

Disant cela, je me laisse pendre sur mes béquilles, pour me donner un air de mourant. J'avance d'un pas vers les filles, en me forçant pour tousser.

—Reuhuheu!... Attention, dis-je en toussant la bouche grande ouverte, je voudrais pas vous contami... Reuhuheu!

Ursula et Cruella s'écrient à l'unisson:

—Aaaarkeee!

Horrifiées, elles fuient la cafétéria en moins de deux. L'une d'entre elles somme Claudie de les suivre à l'abri, mais celle-ci reste derrière. Elle les rassure, par-dessus son épaule, qu'elle est pour sa part immunisée. Quand les affreuses sont trop loin pour l'entendre, elle me toise d'un regard rancunier.

— Gabriel Landry, c'est quoi ton problème ?

— Euh, je te demande pardon ? C'est pas moi qui a un problème. Qu'est-ce qui te prend d'écœurer Jocelyn de même ?

— C'est ma *job*, Gaby. Cette Claudie-là se laisse pas marcher sur les pieds, pis j'ai pas le choix de faire pareil. Je pense pas ce que je dis, Jocelyn le sait.

Je tourne la tête vers Jocelyn, qui reste de glace dans son polo taché.

— Joce, c'est vrai, ce qu'elle dit ? Ça te dérange pas ?

Il répond tout bas, les yeux fixés au loin :

— Il faut ce qu'il faut...

— Tu vois ? conclut la petite reine. Tout est correct. Toi, t'es même pas censé être ici. Ton père le sait que tu t'es pointé à l'école ?

— C'est pas mon père. Pis ouais, il le sait !

Claudie pouffe en levant le nez. Le mensonge est sorti tout seul, et elle me connaît trop bien pour se laisser berner.

— La cloche va sonner, dit-elle. Rentre chez vous. S'il t'arrive quelque chose, tu nous mets tous dans le trouble.

La tête blanche et noire de Cruella d'Enfer réapparaît derrière un mur, en marge de la cafétéria. Elle presse Claudie de nous larguer de sa voix grinçante.

— Je passe te voir dès que je peux, OK ? Bye, les gars.

Un signe de la main discret, puis elle tourne les talons. Je la regarde ainsi s'éloigner dans ses grands habits royaux. Jocelyn, de son côté, se lève finalement de son siège. L'air contrarié, il ramasse ses déchets sur la table.

— Joce, t'es sérieux quand tu dis ça ? que je lui demande. Ça t'écœure pas de te faire parler de même ?

Il laisse échapper un profond soupir.

— Qu'est-ce tu veux je fasse ? Si je me pogne une suspension, je pourrais me faire sortir du parascolaire. Mes parents me tueraient, c'est sûr. Pis de toute façon, c'est pas comme si je l'avais jamais écœurée à la maison...

— Ah. Vu de même... En tout cas. Moi, ça va me faire plaisir de...

— Mêle-toi-z'en pas. C'est pas de tes affaires.

— Non, je sais, mais Joce...

Jocelyn ne me prête plus attention. Il va jeter ses déchets. Quand il revient, je pivote pour le suivre à sa case, lorsqu'une épaule me rentre en pleine gueule : bang ! Je tombe les six fers en l'air, en comptant mes béquilles. Ma casquette roule plus loin sur le plancher.

— Aoutch !

— Woh ! s'étonne Jocelyn. Gab, t'es correct ?

— Ouais, ouais, ça va...

Il m'attrape par la main, pour m'aider à me relever.

— Fais attention où tu marches.

Hein ? Comment ça, faire attention où je marche ? Jocelyn pense-t-il que j'ai glissé ? En allant récupérer ma casquette, je scrute les alentours à la recherche de celui qui m'a percuté. Il portait un t-shirt rayé rouge, il me semble. La bretelle de son sac m'a écorché le nez. Je ne vois personne à la ronde. Il n'y a qu'un sac à dos noir qui semble avoir été oublié au milieu du chemin.

— Hum, Jocelyn... C'est à toi, ça ?

— Non.

— Ah. OK...

La cloche sonne. Des élèves de partout dans l'école se mettent en marche en direction des casiers, où un fleuve d'entre eux déferle déjà. Jocelyn suit le courant, marchant à mon rythme pour m'ouvrir un passage.

D'abord, le sergent Duval à la maison du Dr Landry, et maintenant, ce gars mystère au chandail rayé. Suis-je en train de perdre la tête ? Je touche le bout de mon nez, sur lequel je sens une légère égratignure. Non, je n'ai pas rêvé... Mais alors, où est passé cet élève ? Et pourquoi Jocelyn dit-il n'avoir rien vu ? Je n'ai jamais cru aux fantômes de ma vie, mais qui sait ce que ça pourrait être. Je ne croyais pas non plus aux univers parallèles et me voilà aujourd'hui, les deux pieds dans une version parallèle de mon école secondaire.

Je suis la brute à travers les allées de l'aire des casiers. Il y a du monde partout, des élèves se pilent littéralement sur les pieds. Une fois à sa case, Jocelyn sort son chandail d'éducation physique du compartiment supérieur. Mais au moment où il s'apprête à retirer son polo taché, il hésite. Il jette un coup d'œil de chaque côté.

— Joce, qu'est-ce tu fais ?

— Rien. Laisse faire.

Disant cela, le gars le plus fort que je connaisse replace son polo sur son ventre. Il balance son chandail de sport sur son épaule, attrape une paire de shorts et referme le casier. Jocelyn part en direction du hall principal.

— Bonne journée! que je lui lance au milieu de la foule qui s'apprête à monter le grand escalier.

S'il me répond, je ne l'entends pas. La tête rentrée dans les épaules, il suit la masse avant de bifurquer de sa trajectoire. Lui et son chandail disparaissent sous l'escalier, dans un passage menant aux toilettes principales de l'école.

Pauvre Jocelyn... Lui qui se réjouissait de sa nouvelle réputation lundi, il ne devait pas se douter qu'elle le placerait en proie à l'intimidation. Vrai qu'il a lui-même terrorisé plus d'un élève par le passé – moi le premier! –, mais ce n'est pas une raison. Claudie me déçoit de laisser ses horribles amies le traiter aussi mal.

Bon. C'est l'heure de rentrer au LAIR, j'imagine. J'ignore comment je vais déjouer Sésame et reprendre ma place sur le divan sans qu'il s'en aperçoive, mais considérant la marche qui m'attend, suivie du trajet d'autobus, j'ai tout mon temps pour y réfléchir.

Casquette sur la tête, je me faufile entre la horde et le grand mur des honneurs à ma droite, celui où sont exposées les reconnaissances et les plaques commémoratives de l'école. À L'A1, sortir par l'entrée des enseignants et de l'administration me vaudrait une retenue, mais ici, que pourrait-il m'arriver? Gabriel Landry n'existe pas, après tout. Et rebrousser chemin jusqu'à la sortie des élèves me retarderait considérablement.

Je m'approche de la porte vitrée, voulant me tenir prêt lorsqu'un membre du personnel passera sous les capteurs d'identification, mais voilà que le voyant au-dessus de la porte passe du rouge au vert: hein? La porte s'ouvre, c'est curieux. Une erreur informatique, probablement. Profitons-en.

Sortant de l'école, je réactive mes béquilles, dont les extrémités vont taper sur le petit trottoir sous mes pieds. Celui-ci me conduit au stationnement du personnel, que je traverse en quelques enjam...

— Gabriel, fait une voix dans mon angle mort.

Oh non. Un frisson qui n'a rien à voir avec la température automnale me frigorifie. Lentement, hésitant, je pivote sur moi-même pour découvrir le double de mon père, les bras croisés devant sa voiture autonome. Derrière ses lunettes se pose sur moi un regard pesant de reproches. Eh, couilles...

CHAPITRE 10

Le trajet de retour semble bien plus long qu'il ne l'est réellement. Une dizaine de minutes qui paraissent des heures. Assis à la gauche de Philippe, sur la banquette arrière, je le bombarde d'excuses plus désespérées les unes que les autres. Je lui raconte que je n'en pouvais plus de moisir dans sa maison, que ses holojeux me donnaient mal à la tête, que s'il avait été là plus souvent, j'aurais pu le lui exprimer au lieu d'y remédier par moi-même.

Ouais, c'est exactement ça: j'ai été forcé de m'enfuir et c'est en partie sa faute. C'est l'argument que je défends, mais lui garde le silence. Cette version de mon père a beau n'avoir jamais eu d'enfants, il ne dit pas un mot. Comme un vrai père le ferait avec son vrai fils qui le déçoit. Il se contente de fixer un point droit devant, faisant rouler entre ses doigts le même petit objet en métal rond et noir qu'il avait l'autre jour.

Un exercice contre les crises de nerfs, c'est évident.

La voiture autonome remonte l'allée menant au laboratoire. Elle s'immobilise devant les grandes portes vitrées, en bordure du trottoir. Ses portières latérales s'ouvrent et Philippe descend le premier, rangeant son machin. Croyant que la voiture me conduira ensuite à la maison, j'attends une seconde, mais rien ne se produit. La barre de savon demeure immobile, et ses portières, grandes ouvertes.

Pas le choix : je descends du véhicule pendant que Philippe rejoint le bâtiment. Les mains dans les poches, il en traverse le seuil.

— Suis-moi.

— Euh... OK.

Incertain, je le suis à l'intérieur de l'immeuble tout en fenêtres. Je n'ai pas remis les pieds ici depuis vendredi, quand il nous a fait poireauter à l'étage. À mesure que nous avançons vers l'ascenseur, je reconnais le large bureau de la réception, qui domine le rez-de-chaussée. L'hologramme projeté au-dessus de lui affiche treize heures trente, mais personne n'y travaille cependant.

L'endroit semble désert, abandonné. Pas un son ne provient du couloir s'ouvrant à l'arrière. Vendredi soir, j'avais présumé que les employés du LAIR étaient rentrés chez eux, en traversant leurs bureaux délaissés. Aujourd'hui, je me demande combien d'entre eux ont remis leur démission après que Philippe a perdu tous ces adolescents dans le multivers.

Une fois dans l'ascenseur, il appuie non pas sur la touche de l'étage, mais sur celle du sous-sol. La cabine entame la descente.

— Attends, t'es sérieux? que je lâche, incrédule. Tu m'amènes au labo?

— Gabriel, le risque que tu as pris aujourd'hui est très dangereux. Je pensais te l'avoir clairement expliqué, mais...

— Mais il est rien arrivé! que je l'interromps promptement.

Il pince la branche de ses lunettes entre ses doigts. Il les remonte sur son nez.

— Mais la dernière chose que je veux, allais-je dire, c'est que tu regrettes ton séjour ici. Si tu n'es pas heureux chez moi, évidemment que tu voudras sortir en cachette. Il faut vraiment qu'un garçon s'ennuie à mourir pour se rendre volontairement à l'école...

— Ouais, dit de même...

Il n'y a qu'un étage séparant le rez-de-chaussée du sous-sol. J'ai pourtant l'impression que nous descendons longtemps dans le petit ascenseur, plus longtemps encore que lorsque nous sommes descendus du troisième, la dernière fois. Dans un coin de la cabine brille un voyant vert dans son globe. Sésame est là, lui aussi. Il nous observe en silence. Je tourne le regard vers Philippe, dont les traits s'étirent en un sourire épuisé.

Eh, couilles. À quand remonte sa dernière nuit de sommeil ?

L'ascenseur se pose finalement. La sonnette retentit et la porte s'ouvre sur les grandeurs, le cœur et l'âme du Laboratoire d'avancement et d'innovation pour la réhabilitation. Sous l'éclat des néons suspendus, des stations de travail automatisées s'activent aux quatre coins du vaste espace. Il y a des étagères par dizaines, des caisses débordant de pièces et de matériaux, des tables et des établis au-dessus desquels opèrent des bras mécaniques fixés à des rails. Des bras qui assemblent et qui soudent et qui programment des prothèses bioniques, des microprocesseurs et je ne sais quoi d'autre encore.

À la sortie de l'ascenseur est accroché au mur le sarrau blanc de Philippe. Il l'attrape pour l'enfiler en marchant.

— Attention où tu mets les pieds, me prévient-il en tirant d'une poche une paire de gants de contrôle.

Entre les stations serpentent des bouquets de fils multicolores. Ceux-ci connectent chaque machine à de gigantesques prises au mur du fond.

Le double de mon père me guide à travers le laboratoire. Tout en marchant, il agite ses mains en l'air pour réviser les nombreux rapports d'analyses holographiques qui sont projetés d'un côté et de l'autre de sa tête.

— Tu as raison, Gabriel, je ne suis pas venu vous voir très souvent, ta sœur et toi. La semaine dernière, je vous ai accueillis dans ma maison, mais vraiment, c'est ici que je vis. La nuit, quand je me permets de dormir, je monte me reposer à l'étage au lieu de traverser dans ma chambre. Réaménager ces bureaux en dortoir pour héberger mon équipe est la meilleure idée que j'ai eue depuis longtemps !

Il rigole pour lui-même.

— Si tu en as envie, il me ferait grand plaisir de t'avoir comme assistant de recherche. Qu'en penses-tu ? As-tu déjà vécu un stage d'un jour, à l'école ?

— Euh, je pense pas, non.

— Alors ce sera ta première expérience. Sésame ? Autorise à Gabriel un accès complet au laboratoire et à la maison, s'il te plaît.

— Tout de suite, docteur, de lui répondre la voix synthétique. La biométrie de... Gabriel Landry... a été réévaluée.

Ma « biométrie » ? Philippe remercie le programme d'assistance domestique, avant de se tourner vers moi.

— Maintenant, Gabriel, tu pourras descendre ici quand tu le souhaites pour me donner un coup de main.

— Hein ! Pour vrai ?

Tout sourire, il pose une main gantée sur mon épaule. Ha ! Moi, ça, son assistant de recherche… ? Je ne comprends pas la moitié des mots qu'il dit, mais j'ai eu soixante-treize pour cent à mon dernier test de science. C'est peut-être assez. En tout cas, ce sera toujours mieux que de me sécher les yeux devant des holo-grammes à longueur de journée.

Le double de mon père s'arrête finalement. Nous sommes pile au centre du vaste laboratoire. Devant mes yeux s'élève une petite plateforme hexagonale en acier, sur laquelle est exposée sa plus grande création :

— Gabriel, je te présente la…

— Le vibrarium, que j'échappe, le souffle court.

Installée sur un socle, la combinaison interdimension-nelle est à mi-chemin entre le vêtement et l'armure. Le casque comporte une large visière ainsi qu'un respirateur, on dirait. De chaque côté sont incrustés d'étranges dispositifs circulaires, les mêmes qui sont fixés par dizaines sur le plastron renforcé, les cuissards et les brassards. Je reconnais, à l'intérieur de l'avant-bras gauche, l'écran de contrôle qui scintillait au *pit*, jeudi dernier.

— Oui et non, reprend-il. Le vibrarium était mon premier modèle, sous forme de cabine. Il est rangé plus loin, avec les autres prototypes. Sous cette forme-ci, je l'ai appelé la vibraveste. Pour des raisons évidentes…

Philippe grimpe sur la plateforme pour rejoindre son invention. Lui qui dormait debout dans l'ascenseur semble revigoré au côté de sa plus grande fierté.

— Tu vois tous ces émetteurs, qui ont l'air de petits haut-parleurs ? Les plus grands recouvrent les omoplates, dit-il en faisant pivoter le socle sur son axe. Ce sont eux qui émettent les ondes sonores pour créer les fréquences de résonance.

— Ah ouais ? C'est cool.

J'ai le souvenir du vrombissement bas et assourdissant qui a précédé chacune de ses apparitions la semaine dernière. La fréquence résonnante de mon univers, je présume. Curieux, je monte sur la plateforme pour examiner les dispositifs.

— C'est ça qui produit la lumière aussi ? La lumière pis les grands vents, les décharges électriques... Je sais pas si tu t'en es rendu compte, mais quand t'apparais quelque part, mettons que ça fesse !

— Oui, je m'en suis rendu compte...

Le docteur retrouve un air plus grave. Il replace ses lunettes sur son nez, en retournant la combinaison face à nous. Au niveau du sternum, sous les plaques protectrices recouvrant les pectoraux, un disque différent des autres rayonne au fond d'une cavité. Comme un hublot derrière lequel semble brûler un soleil de glace.

— C'est un réacteur nucléaire à fusion froide miniature, reprend-il. Je cherchais une source d'énergie assez puissante, assez durable pour altérer la matière au niveau subatomique. Mais rien de tel n'existait encore ici.

Alors qu'il me parle, Philippe cesse de me regarder. Il se penche pour admirer le réacteur de plus près, créant sur son visage un jeu d'ombres et de lumière bleutée.

— Un de mes... collègues a développé le prototype. Un miracle de la science, c'est le moins qu'on puisse dire! Je l'ai moi-même réduit à petite échelle, pour le rendre portatif, mais le système n'est pas au point. Pas encore... Une erreur de calcul entraîne des pertes d'énergie immenses, et c'est exactement le problème sur lequel je travaille ces jours-ci.

— Ah. OK. Pis votre collègue qui l'a inventé, il accepterait pas de revenir vous aider avec ça?

Il a un autre de ses petits rires contrariés.

— Non, il n'est... Il n'est plus disponible, j'en ai bien peur. Avec ton aide, par contre, dit-il en redirigeant son attention vers moi, je suis convaincu que nous y parviendrons bien plus vite.

Pendant qu'il me parle, le double de mon père reste accroupi entre la vibraveste et moi. Possible que ça n'ait rien à voir, mais d'un coup, je me sens bien plus grand. Je me sens grand mais petit à la fois. Petit et honteux pour avoir douté de ses bonnes intentions. C'est dans notre propre intérêt qu'il nous garde dans sa maison, ma sœur et moi. Et c'est pour bien faire qu'il a chargé Sésame de nous submerger d'holojeux et d'holofilms.

— OK. Ça me tente. Qu'est-ce que je peux faire ?

Un large sourire s'étire sur son visage bleuté. Des ombres se dessinent dans le creux de ses joues et sous l'orbite de ses yeux.

— Tu peux commencer par aller te chercher un sarrau et une paire de gants connectés à l'entrée, qu'en penses-tu ?

Il me tape amicalement dans le dos. Je souris à mon tour. Trop cool ! Un sarrau blanc de scientifique ! Philippe se relève. Je pivote sur une jambe, quand un bourdonnement agresse mes tympans – aouch ! La douleur est aiguë, je contracte le visage en me bouchant une oreille en voulant la chasser. Les yeux clos, un doigt dans le conduit auditif, j'étire un pied vers l'avant en anticipant la hauteur séparant la plateforme du...

COUILLES !

En cette seconde, Philippe et moi ne sommes plus au centre de son laboratoire. Nous avons quitté le LAIR, téléportés. Autour de nous s'étend un vaste et profond cratère de terre et d'argile, comme une excavation stérile au fond de laquelle rien ne poussera jamais plus : le *pit*, en plein milieu des bois.

— Qu'est-ce que... ?

Un pied en suspens, l'autre crispé au bord de la plateforme hexagonale qui flotte plusieurs mètres au-dessus du vide, je bats des bras pour ne pas perdre l'équilibre. Les images tournent, l'horizon s'incline de côté, et je suis pris d'un terrible vertige. C'est alors que je les vois : sur la terre ferme, en bordure de l'excavation, de grandes tentes blanches ont été érigées. Des auto-patrouilles sont stationnées non loin, des fourgonnettes noires aussi, puis une dizaine de policiers et de chercheurs qui discutent entre eux.

— Philippe ! que je hurle en me sentant glisser.

Je crie pour qu'il m'aide, mais il est trop tard : j'ai perdu pied. Mon corps bascule vers l'avant, et alors que je me tords sur moi-même, dans une ultime tentative pour m'accrocher à la plateforme, je crois entendre les appels des policiers et des chercheurs qui s'emballent – peuvent-ils me voir ? Parmi les voix résonne celle, plus rauque et explosive, du sergent Duval : « Gabriel ! »

— Je te tiens ! s'exclame quelqu'un dans mon dos.

C'est la voix de Philippe qui se manifeste enfin. Ses mains agrippées à mes cotons ouatés gris, il me tire vers lui, sur la plateforme. Nous nous écroulons l'un sur l'autre, au pied de la combinaison interdimensionnelle. Mon cœur bat à tout rompre. Mon front pisse la sueur. Je relève la tête pour constater l'incroyable : nous sommes de retour au laboratoire, entourés des stations où sifflent et ronronnent les articulations des bras mécaniques.

— Merde ! Philippe, c'était quoi, ça ? que je demande en me dégageant de ses bras.

Il m'aide à me remettre sur pied. Je déploie mes béquilles, sur lesquelles je m'appuie lourdement. Il y a des jours que je ne m'en suis pas servi à l'intérieur, mais je sens mes jambes trembler sous mon poids.

— Je n'en sais rien, Gabriel... La plateforme ne fait pas plus de vingt centimètres de hauteur, je... J'ignorais que tu souffrais de vertige.

Un « vertige » ? C'est une blague ou quoi ?

— J'ai pas le vertige ! Regarde-moi ben faire, dis-je en m'approchant du bord de la plateforme métallique. J'ai pas peur d'une petite marche, on volait au-dessus du *pit* !

— Le « *pit* » ?

— Ouais, le *pit* ! Je me suis retourné pis on était dans mon univers. Ta plateforme flottait dans les airs, à genre cinq ou six mètres du fond ! Il y avait des policiers pis des chercheurs partout, pis ils m'ont entendu crier ! Je te le jure, ils savaient qu'on était là !

Je suis hors de moi. Tellement que je dois marquer une pause pour ne pas manquer d'air. Fermant les paupières, j'inspire par les narines. Puis je sens deux mains se poser sur mes épaules. Je rouvre les yeux : le double de mon père m'observe d'un regard préoccupé. Il m'entraîne vis-à-vis de la vibraveste, avant de s'abaisser à ma hauteur. Il examine mes pupilles à la lumière du réacteur, comme le ferait un optométriste du futur. Dans ses yeux à lui, un froid glacial, cristallisé par l'éclat bleu de l'invention.

— Le *pit*, les tentes, les agents... T'as vraiment rien vu?

— Non, s'excuse-t-il doucement en secouant la tête.

Je crois rêver, ce n'est pas possible. D'abord Jocelyn, qui ne voit pas le grand galet me percuter ce midi, puis Philippe, qui ne voit pas le gouffre d'argile s'ouvrir sous nos pieds. Et que dire du sergent Duval, que j'ai vu deux fois se matérialiser devant moi? Je confie ces expériences à Philippe, qui hoche poliment la tête. Selon lui, je n'ai aucune raison de m'inquiéter. J'ai vécu une semaine éprouvante et je manque de repos. Ni plus ni moins.

Ouais. Là-dessus, je ne peux pas le contredire...

— Va dormir quelques heures, me suggère-t-il.

— Hein? Mais non, j'ai pas...

— S'il te plaît, Gabriel, insiste-t-il. Je m'en voudrais à mort si tu devais te blesser au travail, sous ma responsabilité. Quelques heures et tu te sentiras mieux. Demain matin, à la première heure, nous commençons ta formation.

Léger soupir de résignation. Je hoche la tête à contrecoeur; Philippe hoche la sienne, reconnaissant. J'abaisse le regard en me retournant, pour voir où poser mes béquilles sur la plateforme exiguë. Ah, tiens. Qu'est-ce que c'est que ça ?

À mes pieds repose une large pièce ronde en métal, mais ce n'est pas de la monnaie. Autrefois argentée et étincelante, la chose est aujourd'hui brunie par endroits, noircie ailleurs. Complètement brûlée, comme si elle avait été jetée au feu, puis cueillie dans les cendres. On dirait la carcasse d'un vieux médaillon que l'on aurait défait de sa chaîne. Je reconnais le petit objet que Philippe fait parfois rouler entre ses doigts, l'air songeur.

Il a dû tomber de sa poche au moment où il m'attrapait.

Serviable que je suis, je plie un genou dans l'intention de le ramasser, mais le double de mon père le repère également. Plus rapide que moi, il prend le médaillon au sol à la vitesse d'un faucon et le fait disparaître dans une poche de son pantalon.

— Hé ! J'allais te le... Qu'est-ce que c'est ? que je lui demande.

— C'est rien. Un porte-bonheur, sans plus.

— OK.

Connaissant Philippe et son amour des histoires, je reste là comme un âne, attendant bêtement qu'il me raconte l'origine du médaillon. J'imagine que celui-ci est un vestige de son premier accident de laboratoire et qu'il le garde pour lui rappeler l'importance d'une préparation adéquate ou un truc du genre, mais aucune explication ne sort de sa bouche. Cette dernière s'étire en une moue presque sympathique, sous la grisaille de sa barbe drue et le violacé de ses cernes.

C'est plutôt lui qui devrait aller dormir.

CHAPITRE
11

Le double de mon père me raccompagne au rez-de-chaussée. Nous traversons la réception en discutant. Peut-être ressent-il le besoin de me remonter le moral, mais Philippe promet de faire escale à L'A1 lors de son prochain voyage. Il compte y faire des recherches pour savoir où mon père – mon vrai géniteur – a pu dénicher ma casquette du LAIR.

C'est vrai que ça me ferait plaisir...

Nous nous laissons aux portes de l'édifice. Béquilles en mains, je suis lentement mais sûrement le pavé jusqu'à la maison. Sésame, dans son globe au-dessus de l'entrée, ouvre cette fois la double porte quand je le lui demande – il y a au moins ça de bon, j'ai un accès complet à la propriété.

Ma sœur, à l'étage, est exactement là où je l'ai laissée plus tôt, avachie sur son lit modulaire, dans un amas de couvertures et d'oreillers. Elle n'a même pas pris la peine de réorganiser la chambre en salle de jeux, aujourd'hui. Les yeux rivés sur les personnages holographiques de son émission, elle les observe s'engueuler et se poursuivre autour d'elle. Je vais me coucher sur mon lit en tirant la couverture pour me couvrir.

Comme je pouvais m'y attendre, je n'arrive pas à fermer l'œil. Ce n'est pas possible. Pas avec mon esprit qui roule à mille kilomètres à l'heure dans ma tête. Le vrombissement soudain, les visions plus vraies que nature, l'agent Duval. Ils rejouent en boucle dans mes pensées...

Je jette un regard à ma sœur, qui renifle les yeux grands ouverts. Elle essuie son nez sur sa manche pour ne pas avoir à se lever.

— Noémie, peux-tu aller regarder ça ailleurs, s'il te plaît?

— Hum, hum...

Elle me répond, mais par réflexe seulement. Une réaction purement instinctive de son subconscient. Noémie ne bougera pas. Si je veux rattraper le sommeil perdu cette semaine, mieux vaut ne pas perdre mon temps ici.

Mon oreiller sous le bras, je ramasse une couverture et je sors de la pièce sous le regard absent de ma sœur hypnotisée. Ti-Caca me suit dans le couloir, sa respiration âpre ponctuant le cliquetis de ses griffes sur le plancher. Je m'apprête à tourner à gauche, vers l'escalier menant au rez-de-chaussée, quand la vue d'une porte close attire mon attention.

Là, au fond du couloir. La chambre de Philippe.

Quoique je n'en sache rien, à vrai dire. Ce pourrait être sa chambre comme ce pourrait ne pas l'être. En cinq jours, depuis mon arrivée, je ne l'ai jamais vu y entrer. Et de mémoire, cette porte blanche est demeurée fermée en tout temps.

Si c'est sa chambre, cependant, et qu'il y a un lit à l'intérieur – et par là, j'entends un *vrai* lit, plus confortable que ces meubles modulaires sur lesquels ma sœur et moi dormons depuis des jours –, je pourrais peut-être m'y reposer... Philippe ne m'a-t-il pas donné accès à *toute* la propriété? Ouais, monsieur. Et puis, il l'a dit lui-même : il ne rentre pratiquement jamais dormir à la maison. M'en voudrait-il de lui avoir emprunté son lit?

Lentement, prudemment, je clopine vers la porte close. Je jette un coup d'œil au voyant de Sésame, qui m'épie depuis son globe, dans le coin du plafond, mais ce dernier ne dit pas un mot. Ça ne doit vraiment plus le déranger de me voir rôder ainsi.

— Ouvre la porte, Sésame.

— Bien sûr, Gabriel.

Son ton est courtois, voire chaleureux. C'en est presque déstabilisant. Mais ce n'est pas moi qui vais m'en plaindre. Ça fait changement des consignes intransigeantes qu'il me servait jusqu'ici.

La porte s'ouvre doucement, laissant jaillir par l'embrasure grandissante une raie de lumière qui s'élargit à mesure. Ti-Caca se faufile entre mes jambes, et je pénètre dans la pièce à mon tour. Et quelle pièce! Elle baigne dans la clarté du jour – remarque : la maison au grand complet est entourée de fenêtres immenses. Comparée à notre chambre, que Noémie garde obstinément plongée dans le noir, pour mieux profiter de ses hologrammes... ça frappe!

Tel que je l'imaginais, il s'agit d'une chambre à coucher. Celle de Philippe, de toute évidence. Une chambre tout ce qu'il y a de plus normale, au premier coup d'œil, avec un grand lit sur sommier, une jolie literie, deux tables de chevet avec lampes de lecture, une commode pour les vêtements, un miroir plein pied placé dans un coin, le tout agencé selon une palette de couleurs claires et agréables... Cependant, alors que j'avance sur le tapis décoratif au centre de la pièce, un sentiment étrange me chatouille l'arrière du crâne.

Tout a l'air... si neuf.

Du couvre-lit aux oreillers, sans un pli ni le moindre grain de poussière, de l'étui à lunettes à la brosse à cheveux, orientés de façon symétrique sur la commode, des pantoufles au panier à lessive, placé aux deux cinquièmes du mur opposé; absolument tout dans cette chambre semble avoir été mesuré avec précision, posé à sa place à l'aide d'une règle et d'un rapporteur d'angle. Je veux bien croire que Philippe ne dort pas souvent ici, mais il y a des limites ! On croirait marcher dans un décor modèle chez Ikea.

Le pug va renifler les pantoufles au bord du lit, et je fais pareil de mon côté : je pose ma couverture et mon oreiller sur le matelas, en me penchant pour le humer. Il ne sent ni la sueur ni le détergent aux agrumes, qui émanent de mes cotons ouatés. Je parie qu'en fouillant les draps, je trouverais l'étiquette du prix !

Mais bon... Moi qui planifiais m'étendre ici, je ne suis plus sûr d'en avoir envie. Entre ça et ouvrir un sac de croustilles que je n'ai pas acheté, il faut être mal élevé en s'il vous plaît pour entamer quelque chose qui ne nous appartient pas.

Curieux de savoir si le double de mon père est aussi ordonné qu'il en a l'air en surface, je m'approche de la large commode blanche. Celle-ci comprend trois tiroirs. En théorie, celui du haut devrait contenir les sous-vêtements, non ? Si Philippe roule ses bas et qu'il plie ses *boxers*, c'est qu'il est encore plus différent de mon vrai père que je le croyais.

Lentement, j'ouvre le premier tiroir... Ha, ha !

Je rigole pour moi-même.

Ce que je découvre à l'intérieur du meuble est un amas confus de vêtements sales et puants, dont un pantalon taché de sauce bolognaise – ouach ! Philippe n'exagère pas, il n'en a que pour son travail. Il n'a même pas pris la peine de marcher cinq mètres de plus pour déposer ça dans le panier à linge sale.

Ti-Caca trottine à mes pieds en se léchant les babines, probablement attiré par l'odeur de la sauce à la viande, qui n'est pas tout à fait sèche. Voulant lui faire plaisir, je soulève le pantalon par une jambe pour le lui descendre et lui permettre de le lécher. Le tissu se déplie, cependant. Un petit objet tombe dans le tiroir, sur une chemise chiffonnée.

Ah. Qu'est-ce que c'est?

Ma curiosité est aussitôt ravivée. Je laisse tomber le pantalon par terre et Ti-Caca y enfouit sa truffe aplatie en reniflant de plus belle.

Prenant l'objet entre mes doigts, je l'examine avec attention. Il s'agit d'une petite fiole en verre munie d'un compte-goutte, du genre que l'on achète en pharmacie, pour s'administrer un médicament dans les yeux. Celle-ci est à moitié vide, sans étiquette pour identifier la nature de son contenu. Mais à voir la couleur jaune-orange de la solution et sa consistance presque huileuse, ça a surtout l'air d'une infection urinaire, si l'on me demande mon avis.

À quoi peut-elle bien servir?

Plus intrigué que prudent, j'entreprends d'ouvrir la fiole, mais... Ugh! Le compte-goutte est vissé solidement. Je réessaie en humectant mes doigts sur ma langue. L'adhésion est meilleure, je dois seulement faire attention de ne pas... Non! Le bouchon cède : l'objet tombe au sol où il s'ouvre en tournoyant.

Ah, couilles!

La fiole ne s'est pas brisée, mais son contenu se répand à mes pieds, sur le plancher de bois. Le pantalon en absorbe une partie, et Ti-Caca, qui terminait sa collation, s'approche dangereusement près de la flaque.

— Hé! Non, ouste, fais pas ça! dis-je comme s'il pouvait me comprendre.

Je m'agenouille pour l'ôter de là, mais la petite boule de replis beiges est rapide, quand ça lui chante : elle a le temps de laper un peu de liquide avant que je ne la soulève par les aisselles. Je la chasse dans le couloir et me retourne face au dégât. Que faire, maintenant?

La voix synthétique de Sésame m'interpelle.

— Gabriel? Y a-t-il un problème?

— Hein? Euh... Non, non, y a pas de problème.

— Aimeriez-vous que je prévienne le Dr Landry de la situation?

Un nœud se forme dans mon ventre.

— Non, non, non, Sésame, attends! Dérange pas Philippe pour ça! Le Dr Landry travaille très, très fort pour sauver ses patients disparus, pas vrai? C'est vraiment pas grave, je vais laver ça tout seul.

Le silence est insoutenable. Les capteurs au fond du globe me fixent longuement, me donnant l'impression que l'intelligence artificielle délibère sur mon sort. Grande couille conne! Il n'y a pas trente minutes que j'ai reçu mon autorisation complète, et je suis déjà en train de gaffer.

— Très bien, concède finalement la voix.

Fiou! Rapidement, je flanque la fiole vide dans une de mes poches et ramasse le pantalon, avec lequel j'essuie la solution orangée et huileuse. Avec un peu de chance, il sera bientôt sec et Philippe ira le mettre à laver sans remarquer quoi que ce soit.

Le vêtement remis dans le tiroir, je referme celui-ci et vais reprendre ma couverture et mon oreiller sur le grand lit neuf. Je sors de la pièce en sautillant, commandant à la porte de se refermer derrière moi, puis je file dans ma chambre comme un voleur. Noémie n'a aucune réaction lorsque je passe devant elle et m'élance sur mon lit.

Tant pis. On dormira ici.

Enveloppé dans la couverture, j'essaie tant bien que mal de me détendre. Mon pouls ralentit quelque peu, mais ma bouche demeure pâteuse. Pourquoi donc suis-je si nerveux ? Ce n'est pas comme si j'avais volé une bière, j'ai échappé une fiole par terre. Et une fiole à moitié vide, j'ajouterais, oubliée dans un pantalon sale.

Je palpe l'objet dans ma poche à travers le coton...

Non. Ça suffit. Je ne suis plus un enfant. Philippe est un homme raisonnable, et il vient tout juste de m'offrir sa confiance. Demain matin, à la première heure, je vais lui rapporter l'incident et lui présenter mes excuses. Point final. Il va comprendre et apprécier l'honnêteté, j'en suis plus que sûr.

Déjà, ma résolution m'apaise. Prêt à fermer l'œil, je me tourne sur les coussins, mais les hologrammes dans la pièce célèbrent l'anniversaire d'un personnage. Le sommeil ne vient pas. Pas avant dix-huit heures, quand Sésame devrait normalement effectuer la mise à jour de sa base de données. Noémie met son émission sur pause et descend pour manger. Plongé dans l'obscurité, je m'endors finalement, sous le voyant vert au-dessus de la porte, qui, lui, ne s'éteint pas.

CHAPITRE
12

Nouveau jour, nouveau moi !

Je me suis réveillé en pleine forme, ce matin. Ces longues heures de sommeil ont largement compensé pour les nuits plus courtes que j'ai récemment enchaînées. Aujourd'hui, je ne veux pas causer de problème, ni à Claudie, ni à Jocelyn. Je vais profiter au maximum de ce que cet univers a à m'offrir. D'abord, un rapide déjeuner, puis hop ! je traverse au laboratoire pour assister Philippe dans ses recherches dignes d'un film de Ridley Scott.

Tout va pour le mieux dans le meilleur des univers.

Des cotons ouatés propres sur le dos – des bleus, aujourd'hui, pour mettre un peu de couleur –, je descends l'escalier, au pied duquel Sésame me salue avec courtoisie.

— Bonjour, Gabriel. Vous avez bien dormi, j'espère.

— À merveille !

Je tourne la tête à gauche, à droite : pas de publicité ni de bande-annonce n'est projetée nulle part. Enfin ! Il était temps que cette intelligence artificielle apprenne et s'adapte à mes vrais besoins. Là, ça me plaît !

Mais Sésame n'a pas fini de me surprendre. Je vais au coin salle à manger, où un véritable déjeuner m'attend sur la table : oh ouais ! À la place des sacs de malbouffe bruns et suintants de graisse que notre chaperon nous a servis toute la semaine, une grande assiette regorge d'œufs fumants, de bacon et de fruits frais. Du pain grillé repose dans un panier, à côté du jus d'orange dans un grand verre et des cretons dans un petit bol.

— Wow ! Sésame, tu t'es surpassé ce matin !

— Merci, Gabriel. Que le meilleur pour les invités du Dr Landry.

— Il y a une assiette pour Noémie, aussi ?

— Bien sûr. Mais votre sœur ne déjeune jamais si tôt. Son repas arrivera sous peu, quelques minutes avant l'heure estimée de son réveil.

— Ah ! J'avoue. Bonne idée, Sésame.

Tout sourire, je m'approche de la table en me frottant les mains : miam ! Ça a l'air si bon ! Avant de m'asseoir, par contre, je devrais aller chercher la salière et la poivrière, pour ne pas avoir à me relever. Tournant les talons, je rebrousse chemin en direction du coin cuisine, où... euh... Quelle est cette boule de poils courts qui frémit par... terre ?

Oh mon Dieu ! Ti-Caca !

Sur le plancher de la cuisine gît le corps agonisant du pug. Il a la langue pendante, les yeux fixes et injectés de sang, et sa tête repose dans une petite mare de vomi jaunâtre. Il respire encore plus péniblement qu'à l'habitude, émettant de profonds râles irréguliers.

— Ti-Caca ! Qu'est-ce que t'as, mon gars ?

Pris de panique, je vais me jeter à genoux auprès de lui. Mes mains tremblent quand elles le touchent. Ses oreilles sont brûlantes de fièvre.

— Sésame ! Qu'est-ce qui est arrivé ? Ça fait combien de temps qu'il est comme ça ?

Le programme reste muet.

— Sésame ! Réveille ! Appelle un vétérinaire !

Je lève la tête vers le globe connecté du coin cuisine, qui, depuis les hauteurs du plafond, pointe pourtant ses capteurs sur moi. Le voyant vert clignote, puis la voix synthétique se fait finalement entendre.

— Les assaisonnements se trouvent sur les tablettes adjacentes au réfrigérateur, Gabriel. Est-ce bien ce que vous cherchez?

— Les... assaisonnements...

Ces mots me glacent le sang. Une sensation de picotement envahit mon corps, de la pointe de mes orteils à la racine de mes cheveux. Fixant le voyant vert au-dessus de ma tête, je me relève nerveusement quand mes oreilles se remettent à siffler – encore? Enfonçant ma casquette sur ma tête, je commence à reculer, mais le bourdonnement s'accentue sur mes tympans. Je suis tout à coup étourdi et désorienté. Je pivote en étirant les bras pour ne pas...

BANG! Je percute la structure métallique de l'escalier tête première.

— Argh!

Sonné comme une cloche, je recule d'un pas, les mains fermées sur mon arcade sourcilière que je sens élancer. J'ouvre les yeux, mais ce que je découvre n'a rien à voir avec la structure métallique de l'escalier central. Plusieurs mètres me séparent d'ailleurs de celui-ci. Devant moi s'élève un arbre sorti de nulle part...

— Qu... hein?

C'est bien ça: un arbre. Un grand tronc bien droit, dont les racines s'enfoncent dans la terre recouvrant maintenant le plancher de bois franc. Sa cime disparaît à travers le plafond de la cuisine, ses branches sans feuilles et crochues pointent dans toutes les directions, et derrière ce premier arbre se dressent une dizaine de ses semblables.

L'aiguille grimpe en flèche sur mon angoisse-o-mètre.

— Sésame, maudite marde, dis-moi ce qui se passe!

— Vous devriez manger, répond-il avec un calme désarmant. Votre déjeuner refroidit.

— Non, non, non, non, non...

Le coin cuisine n'est plus, comme si une tornade en avait arraché une large portion. Les comptoirs, les armoires et les électroménagers restants paraissent avoir été plantés dans le sol ou encore cloués aux arbres.

Aussi rapidement qu'il l'a fait hier, au laboratoire, mon pouls s'accélère. Ma bouche s'assèche. Ma conscience me répète que j'hallucine et je voudrais la croire, mais comment? Je m'aventure entre les arbres, aussi prudemment que s'il s'agissait d'un champ de mines. Mais ce ne sont pas des bombes qui explosent à chacun de mes pas, ce sont mes sens: l'odeur de la terre, celle de la gomme d'épinette, l'humidité sur ma peau, le sifflement du vent, qui fait craquer les branches...

Je pose ma main sur un tronc, dont l'écorce s'enfonce dans mes doigts. Il n'y a plus de doute dans mon esprit : ces visions ne sont pas le produit de mon imagination.

— Noémie ! No, réveille-toi !

Terrifié, je fais volte-face. Je veux foncer vers l'escalier pour aller sortir ma sœur de cette maison de l'horreur, mais celle-ci a retrouvé sa forme normale. Le sous-bois a disparu, les murs et les grandes fenêtres sont de retour. Je suis pris dehors, confus comme un somnambule qui se réveille hors de son lit. L'unique trace de cette expérience paranormale est cet arbre maigrichon, que j'ai touché à l'instant, puis celui du coin cuisine, dont les branches acérées percent les grands pans de fenêtres à l'étage.

C'est Jumanji ! On vit dans Juman-maudite-ji !

Je recule en chancelant, incertain. Les fenêtres de la maison s'opacifient, me privant de voir à l'intérieur, puis retentit le cri strident d'une sirène, qui perce le silence. Je regarde d'un côté et de l'autre : le globe extérieur de Sésame a ses capteurs rivés sur moi. Son voyant brille d'un éclat rouge, tandis que sa voix synthétique répète sans cesse les mots : « Alerte maximale. Alerte maximale. »

Qu'est-ce que... Couilles !

Par-dessus la sirène, une autre voix s'élève derrière moi. Je me retourne pour apercevoir le double de mon père, que l'alarme a forcé hors de son laboratoire. Ses cheveux défaits, son sarrau froissé, Philippe a sous les yeux des cernes encore plus prononcés qu'ils ne l'étaient hier. Il s'avance à petits pas, l'air méfiant. Comme un agent de la fourrière voulant s'approcher d'un chien sauvage.

— Philippe! Qu'est-ce qui se passe?

— N'aie pas peur, Gabriel...

— J'allais m'asseoir pour manger, pis la cuisine a disparu! Ti-Caca est malade, il y avait des arbres partout, c'est pas des hallucinations! Regarde!

J'empoigne le tronc frêle et tape dessus avec mes paumes. Il est bien réel. Mais Philippe, devant moi, n'exprime pas la moindre surprise.

— C'est correct, tu n'as rien fait de mal. Viens avec moi, tout va bien aller, dit-il d'un ton à peine convaincu.

— Non, non, non, je m'en vais nulle part avec personne. Pas avant que tu m'aies dit ce qui se passe ici. Pis la vérité, cette fois-là! Ti-Caca est en train de mourir sur le plancher de ta cuisine!

— Je vais tout t'expliquer, je te le promets. Descends avec moi au laboratoire et nous pourrons arranger ça.

Une main tendue vers moi, il glisse la deuxième dans une large poche de son sarrau. Que va-t-il en sortir? Un puissant sédatif? La pression s'accentue dans ma poitrine. Je m'éloigne d'un pas vers l'arrière.

— Philippe, s'il te plaît, dis-je avec un nœud dans la gorge. Approche-toi pas, je suis très sérieux...

Mais le docteur ignore ma demande. Plus que deux mètres nous séparent, à présent. Un seul. Mon dos touche au mur de la maison derrière moi, et je n'ai plus le choix d'agir : quand Philippe bouge de nouveau, je m'élance vers lui en étirant le bras.

— En marche !

Ma béquille droite jaillit de ma manche – tchac !

Son extrémité percute le double de mon père en pleine poitrine. Le souffle coupé, il chancelle vers l'arrière. C'est ma chance : je file vers l'avant de la maison, où le terrain me paraît encore plus vaste qu'il ne l'est réellement. Des dizaines de mètres semblent me séparer de la rue et des arbres qui m'en isolent ! De toute évidence, la panique trouble mes perceptions, mais ce n'est pas le temps d'hésiter ; Philippe, derrière moi, s'est remis de ma frappe. Il part à mes trousses et je fonce à toute allure, priant pour que ma cheville tienne le coup.

Grand comme il est, je suis persuadé qu'il me rattraperait sans problème, mais j'atteins le trottoir et, jetant un œil par-dessus mon épaule, je le vois ralentir. Craint-il d'attirer les regards en me pourchassant sur la voie publique ?

Je n'arrête pas pour le lui demander.

CHAPITRE 13

Il est dix heures sept quand je mets les pieds sur le terrain de l'école. Dix heures sept ou dix heures huit, maximum. Je n'ai ni montre ni bracelet connecté pour le vérifier, mais en tournant le dernier coin de rue, j'ai entendu sonner la cloche annonçant la pause. Et elle est programmée à dix heures cinq précises. Le débarcadère d'autobus est désert, les tables de pique-nique et les terrains de basketball aussi. Seule une poignée de fumeurs tètent leurs bâtons de la mort dans la zone désignée.

Je rejoins l'entrée des élèves, par laquelle j'accède à l'aire des casiers. Plus encore qu'il ne l'était hier, à l'heure du dîner, l'endroit est envahi par les centaines d'élèves qui s'y entassent en même temps, pour récupérer un livre ou une collation rapide. Le casier de Jocelyn est tout au fond. Avec un peu de chance, il saura où trouver le reste du groupe.

Je me fraie un chemin à travers la marée humaine. La foule se resserre, la navigation se complique. Le nez presque enfoui sous l'aisselle d'un grand secondaire cinq, je sors le périscope imaginaire : Jocelyn est là, à mi-chemin de la rangée du fond. Marilouve est avec lui. Incliné devant son casier verrouillé, il manipule son cadenas avec la concentration d'un chirurgien.

— Hé ! Joce !

Il ne semble pas m'entendre. Je répète mon appel en m'approchant, puis une troisième fois quand j'arrive près de lui :

— Joce ! Jocelyn !

Mais la brute n'est pas d'humeur. Quand elle réagit finalement, elle bondit en faisant cogner le cadenas contre la porte métallique : bang !

— Quoi ? s'écrie-t-elle en se tournant vers moi.

— Wo ! C'est moi, Joce. Je voulais pas te faire peur.

La gothique pose une main sur Jocelyn pour le détendre. Puis elle dirige vers moi un regard encore plus menaçant que le sien.

— Tu fais peur à personne, *loser*.

Un vrai charme, celle-là...

— Qu'est-ce que tu fais icitte, encore ? reprend sèchement Jocelyn, qui se retourne vers sa case pour une nouvelle tentative. On t'a dit hier de rester chez ton père.

— Ugh ! C'est pas mon père ! Pis il est arrivé quelque chose.

— Hum, hum...

— Je te le dis, on a un problème. J'allais déjeuner quand j'ai vu un arbre dans...

— Ah ouais, un arbre, hein...

Je tente tant bien que mal de lui raconter mon histoire, mais il ne m'écoute qu'à moitié. Je vais pour mentionner Ti-Caca, mais il enterre ma voix d'un long soupir. Tournant la roulette de son cadenas avec ses gros doigts malhabiles, la brute tire sur l'objet, qui refuse de céder.

— Aaargh ! Maudite cochonnerie de cul sale de bâtard ! rage-t-elle en poussant les casiers comme si elle essayait de renverser la rangée au complet.

— As-tu besoin d'aide ? Donne-moi ton code, je vais...

Mon ami en furie m'interrompt brusquement.

— Tu vas faire quoi, hein, mon gars ? Rien. Tu vas rien faire pantoute pis tu vas me lâcher avec tes maudits problèmes, OK ? T'en as pas, de problèmes. T'es en vacances, t'as rien à faire à part te bourrer la face devant un film. Si t'es pas content, on change de place quand tu veux.

— Jocelyn, je...

Secoué par sa réaction, j'essaie de placer un mot, mais Marilou ne m'en donne pas la chance. Elle s'interpose entre nous pendant que Jocelyn tape sur la porte métallique de son casier. À bout de nerfs, il ramasse son sac à dos traînant par terre. Tous deux s'éloignent vers la foule qui s'écarte sur son passage.

Mais qu'est-ce qui lui prend, à celui-là?

— Inquiète-toi pas avec ça, dit une voix derrière moi.

Hein? Je tourne la tête pour apercevoir Théo, Ludo et Annabelle, qui me font signe devant un casier entrouvert. Je les salue en les rejoignant.

— Hé! Anna, les gars, vous savez ce qui lui prend, ce matin?

— Ouais, prends-le pas personnel, me répond Théo sous son grand capuchon. Claudie pis ses deux nunuches l'ont pas lâché depuis hier. Ça pis ses cours du soir, qui ont l'air de l'écœurer. Je sais pas quand il trouve le temps d'étudier.

— Ah ouais? Pourtant, il avait l'air d'aimer ça. Son cours de karaté hier soir s'est pas bien passé non plus?

Théo secoue la tête.

— Pauvre gars. Depuis lundi qu'il attendait ça. J'ai entendu dire qu'il est tombé en pleine face en voulant frapper un gars. Après ça, il paraît qu'il a capoté solide. Il touchait les faces de tout le monde en criant comme un perdu.

—Oh non...

Ce n'est pas normal. J'ai vu Jocelyn Thibault se battre des dizaines de fois. Il est le Han Solo des durs à cuire : il frappe le premier, et il ne rate jamais sa cible. Je suis prêt à parier qu'il a visé en plein dans le mille, mais qu'il est passé au travers de son adversaire. De la même façon que j'ai traversé le mur de la cuisine tout à l'heure.

—Ouais, pis c'est pas le plus *weird*, enchaîne Théo. Regarde ça...

Une main sur la porte entrouverte de son casier, il l'ouvre pour en sortir un long sac en nylon noir. C'est un étui de guitare dorsal, tout ce qu'il y a de plus normal pour un musicien dans son genre. Mais... pourquoi ai-je l'impression de l'avoir déjà vu quelque part ?

—C'est une de tes nouvelles guitares ? que je lui demande.

—Non, mon gars...

Il ouvre la fermeture éclair, qui découvre une Godin noire et blanche au manche en érable : couilles ! Théo tient dans ses mains sa vieille guitare, celle que j'ai récupérée au *pit* la semaine dernière et que j'avais confiée à Elliot... à L'A1 !

—Théo ! Qu'est-ce que tu fais avec ça ?

— *Dude*! Je sais pas! Hier, je suis allé voir le double d'Elliot chez lui, après l'école. Il voulait me lire un nouveau poème, mais en tout cas. Je suis rentré dans sa chambre pis ma guitare était là, à côté de sa commode. Je lui ai demandé ce qu'elle faisait là, pis il savait pas de quoi je parlais. J'ai été la prendre, pis c'est pas des farces, le gars a perdu connaissance.

— Hein!

D'abord mes visions, puis maintenant, les leurs. C'est officiel, Philippe nous cache quelque chose. Le phénomène s'aggrave trop rapidement pour qu'il ne l'ait pas remarqué plus tôt. Balayant la foule du regard, je m'assure que personne ne nous écoute. Je signale à Ludovick et Annabelle de se rapprocher.

— Gang, je sais pas ce qu'il nous arrive, mais mon père – ugh! Le double de mon père, je veux dire, ne nous a pas tout dit. Toute la semaine, j'ai vu des choses qui étaient pas là, moi aussi. Philippe m'a dit que j'hallucinais, mais ce matin, quand j'ai fait apparaître un arbre dans sa cuisine, il avait pas l'air surpris pour deux cennes. Je pense qu'il a essayé de me droguer avec quelque chose.

— Merde! Pour vrai?

Plongeant une main dans ma poche, j'en sors la fiole vide trouvée hier dans les tiroirs du docteur. Le groupe blêmit, consterné.

— Je sais pas c'est quoi, mais le chien à Joce en a léché hier. Je l'ai trouvé ce matin à moitié mort. Il est encore là-bas. Ma sœur aussi. Il faut rassembler les autres, pis il faut rester ensemble, OK ? À nous huit, on va le faire parler.

— Bonne idée.

Annabelle, à la gauche de Théo, lève timidement la main, mais elle la baisse quand le guitariste ouvre la porte de son casier. Il range son instrument tandis que Ludo retrouve ses couleurs. Il se dresse comme un soldat attendant les ordres de son commandant.

— Les gars, pensez-vous pouvoir calmer Jocelyn ? que je leur demande. Je m'occupe de Claudie, pis on se rejoint ici dans maximum vingt minutes.

— Pas de trouble, répondent-ils à l'unisson.

Excellent. Mais Laurent aussi manque à l'appel. Je tourne les yeux vers Annabelle, qui essuie les siens avec l'extrémité de sa manche.

— Annabelle, hum... T'es correcte ?

Les deux gars ont l'air aussi surpris que moi. Eux non plus n'avaient pas remarqué qu'elle pleurait. Annabelle ramène alors sa queue de cheval vers l'avant, pour se rassurer en jouant dans ses cheveux.

— Ça fait un mois que je vais rejoindre Laurent chez lui, le matin. Nos parents ici habitent proche, on marche ensemble jusqu'à l'école. Mais tantôt, quand je suis rentrée dans sa chambre... il était parti.

J'échange un regard perplexe avec Théo.

— Qu'est-ce que tu veux dire, Laurent était « parti » ?

— Je sais pas ! Il avait juste... disparu. Mais pas comme la dernière fois, quand le Dr Landry nous a emmenés ici. Son lit était pas là, son pupitre d'étude non plus. Sa chambre était à moitié vide ! J'ai essayé d'appeler son bracelet, mais le signal se rendait pas...

Oh, couilles ! Est-ce même possible ? Ça veut dire que... Pendant que Théodore et moi transférions des arbres et des guitares d'un univers à l'autre, Laurent, lui... il aurait fait le voyage inverse par lui-même ?

La cloche annonçant la fin de la pause retentit dans les haut-parleurs. Le flot des élèves se densifie. Rapidement, je veux rassurer Annabelle. Comme si j'en savais quelque chose, je lui dis que Laurent est sans doute retourné à L'A1 et qu'il est maintenant en sécurité. Elle hoche néanmoins la tête, puis chacun part accomplir sa tâche.

Chacun sauf Ludovick, qui me retient par l'épaule.

— Hé, Gab. Attends une minute...

Ah, tiens ! Il a retrouvé la parole, celui-là. Je réfrène mon élan et me retourne face au rouquin, qui abaisse le regard.

— Qu'est-ce qu'il y a, Ludo ?

— Hum, je voulais te dire... Par rapport à Alexis, la semaine passée... Je m'excuse, mon gars. Il est con, j'aurais jamais dû l'écouter.

Ah ! Des excuses. Ouais, bon. Une mauvaise langue dirait qu'elles arrivent un peu tard, mais c'est aussi bien comme ça. Quand le double interdimensionnel de mon père enlève mes amis, puis me cache les possibles effets secondaires de son univers parallèle, disons que nos chicanes d'adolescents ont l'air moins graves, en comparaison.

— On oublie ça, dis-je en lui tendant la main.

Un sourire gêné soulève les taches de rousseur sur ses joues. Ludovick serre ma main, puis je lui souhaite bonne chance avec Jocelyn. Ses boucles orange vont se perdre parmi les dizaines de têtes châtaines et brunes.

Bien. Claudie, à présent...

Ne sachant pas où se trouve son casier, je pourrais rebrousser chemin vers les portes, en vérifiant chaque rangée. Si je ne la vois pas, cependant, à cause d'un mauvais synchronisme ou de nos petites tailles respectives, je l'aurai manquée pour de bon. Le plus sûr est d'aller me planter dans le hall, pour l'intercepter au pied des escaliers.

Vissant ma casquette sur ma tête, je me laisse porter par le courant humain, qui me guide de l'autre côté du grand mur décoré d'honneurs. Je jette l'ancre entre deux plaques commémoratives, puis j'ouvre l'œil, à l'affût de la petite reine. Comme de fait, je l'aperçois surgir à ma droite dans ses beaux habits royaux. Je lui fais de grands signes, et elle me fusille du regard quand elle me remarque.

— Gaby, t'es pas sérieux ? lâche-t-elle entre ses dents.

Elle s'approche prudemment, jetant des regards aux alentours.

— Je t'ai dit que je viendrais te voir bientôt, m'écoutes-tu quand je parle ?

— La plupart du temps. Viens avec moi, il faut partir.

— Hein ? Partir où ? Pis pourquoi ?

Ugh ! Les filles, ça veut toujours tout savoir ! Je pousse un soupir et lui réponds que le temps presse. Les explications viendront plus tard. Je prends Claudie par la main, mais elle refuse de me suivre.

—Gaby, arrête! Si les filles voient que t'es revenu, elles vont bien comprendre que t'es pas malade pour vrai!

—Justement! Suis-moi donc avant qu'on nous remarque. Les autres s'en viennent aussi, on va...

—Ah! C'est pas vrai! T'as pas embarqué les autres là-dedans? Tu vas tous les faire mettre en retenue. Qu'est-ce que tu leur as dit, encore?

Nouveau soupir, inaudible dans le brouhaha du hall.

—Je leur ai dit que Philippe...

—Le Dr Landry a été très clair, m'interrompt-elle encore. On a tous un rôle à jouer, il y a des vies qui en dépendent. Je sais que t'aimes pas ça, chez ton père, mais c'est toujours pareil avec toi. T'aimes jamais ça nulle part.

Hum. Pardon? Ce n'est pas vrai que je ne suis jamais bien nulle part! Et même si ce l'était, ce n'est pas moi qui ai choisi mes parents! Depuis quand Claudie est-elle aussi vache? Je sens la frustration monter en moi. Je compresse mes molaires. J'inspire en dilatant mes narines, puis tout jaillit d'un coup:

—Hé! Là, ça va faire. Premièrement, cet homme-là, c'est pas mon père, OK? Mon père nous a abandonnés, ma sœur pis moi, pendant que ma mère nous tapait dessus. Pis deuxièmement, t'es ben placée pour parler! Tu devais aimer ça en s'il vous plaît, chez vous, pour t'inventer une vie de riche pis me mentir en pleine face !

Claudie, devant moi, se crispe dans sa robe. Elle rougit à son tour alors que je poursuis son procès.

— C'est exactement ce que t'as fait, Claudie Bégin. Pendant des années. Ça fait que tu vas arrêter de me faire la morale pis tu vas venir avec moi. Philippe nous a menti, on a des visions de L'A1 pis c'est super dangereux. Il faut découvrir ce qu'il nous cache, il y a rien qui nous dit que ça va pas empirer.

Ouf ! J'ai parlé vite ! Je suis essoufflé, mais au moins, j'ai tout dit. Claudie n'a pas eu le temps de m'interrompre. Son visage s'est contracté en une moue orgueilleuse. Elle reste plantée là à me fixer sévèrement.

— De quelles visions tu parles ? lâche-t-elle finalement.

— Ben là, nos visions ! Les choses de notre univers qu'on voit apparaître ici. On en a tous eu, Laurent est même parti de l'autre bord. C'est sûr que t'as vu des affaires, toi aussi.

Autour de nous, dans le hall, les élèves les plus lents pressent le pas pour ne pas arriver en retard à leurs cours. Claudie, devant moi, croise lentement les bras. Comme si elle voulait savourer ce qu'elle s'apprête à dire.

— Je sais pas de quoi tu parles.

Oh. La. Menteuse.

Je veux lui montrer de quel bois je me chauffe quand une voix plaignarde couine à ma gauche, comme le grouinement d'une truie en train d'accoucher :

— Gnaaah ! Claudiiie !

Je tourne la tête pour voir Ursula, qui se dandine dans notre direction. Cruella et elle s'approchent sans pour autant nous rejoindre, s'immobilisant plusieurs mètres à l'écart, par précaution.

— Reste pas là, ma belle, supplie le squelette en s'adressant à Claudie, enveloppée dans son grand manteau luxueux. T'es peut-être immunisée, mais ses bibittes pourraient t'embarquer dessus pis nous contaminer plus tard !

J'esquisse un sourire, amusé par l'effet que je leur ai fait, hier. Un coup d'œil à Claudie, par contre, et je la vois qui sourit elle aussi. Un petit sourire espiègle et discret que moi seul pourrais remarquer.

Eh, couilles. Qu'est-ce qu'elle mijote, celle-là ?

— Il est pas malade, les filles. Il nous a menti hier, ça fait lontemps qu'il est guéri.

À ces mots, les affreuses ont une réaction en deux temps : elles exclament leur aversion, choquées de s'être fait mener en bateau, avant que leur espèce de gémissement ne se transforme en un rire grinçant et affamé : re-couilles.

— Ah beeen ! dit Ursula qui s'approche sur ses grosses jambes molles et tentaculaires. Le petit comique nous a menti...

— Ben ouiii, toi, la seconde Cruella. Il voulait nous faire peur. C'est pas très gentil, il va falloir corriger ça. Hein, les filles ?

Toutes deux viennent se glisser d'un côté et de l'autre de Claudie, qui se délecte de sa vengeance. Ses yeux rivés sur moi, elle ne se cache plus pour sourire alors qu'elle et ses amies resserrent l'étau autour de moi. Je suis forcé de reculer d'un pas et d'aller m'adosser au mur, contre une plaque honorifique en métal qui me rentre dans l'omoplate.

— Claudie Bégin, arrête de niaiser, dis-je dans un ultime effort pour la dissuader de se venger. On a assez de problèmes comme ça, pis on a besoin de toi pour les régler, OK ? Pas pour en créer d'autres.

Mais la petite reine ne m'entend pas, comme si une barrière invisible s'était dressée entre nous. Un éclat de folie brille dans ses yeux. Son rire se mêle à celui des deux autres. Quoi faire maintenant ? Il n'est pas question que je me défende à coups de béquilles – pas contre une gang de filles !

Derrière les horreurs, les derniers élèves dans le hall ont remarqué l'altercation. Ils se sont arrêtés pour nous regarder, et plusieurs se rapprochent maintenant de la scène. Leurs poignets levés en l'air, ils murmurent entre eux et rigolent en enregistrant les images : merde, merde, merde, mon visage va faire le tour de l'école !

Avec ou sans visions, je n'ai jamais existé dans cet univers. Qui sait si le fait d'entrer en contact avec ces gens n'est pas la cause directe de ces paradoxes interdimensionnels ? La tête baissée, je me presse contre le mur des honneurs. Avec un peu de chance, je passerai au travers comme je l'ai fait dans la cuisine, ce matin. Claudie devra admettre qu'elle a tort, et moi, j'aurai donné la frousse de leur vie à ces horribles filles ! Je me serai volatilisé devant elles tel un véritable...

— Un zombie ! s'écrie un élève dans l'assistance.

Ah. J'allais dire « un fantôme », mais...

La voix provient d'un blondinet chétif, âgé d'à peine douze ou treize ans. Tous les regards se braquent sur lui, tandis qu'il montre du doigt quelque chose au-dessus de ma tête.

— C'est... C'est Gabriel Landry ! C'est un zombie ! hurle-t-il encore.

Hein ? Comment connaît-il mon nom ? La foule lève les yeux, cherchant la source de sa terreur, puis de nouveaux cris se font entendre – mais voyons donc ! Le chaos gagne le hall. Les visages d'Ursula et de Cruella sont déformés par l'effroi. Je me décolle du mur et tourne la tête vers la mosaïque de plaques et de prix, pour tenter d'y comprendre quelque chose. Parmi les dizaines de reconnaissances, se trouve une petite photographie que je n'avais pas vue jusqu'à présent.

— Quoi? Mais...

Il s'agit d'une photo de moi. Ce sont mes grands yeux innocents qui me regardent comme si de rien n'était. Sous la photo brille une inscription gravée dans le métal: «En mémoire de Gabriel Landry, 2004-2015.»

Je suis... mort?

Un frisson glacial me remonte le long de la colonne vertébrale. Mes jambes sont molles, ma casquette glisse sur mon front humide. Je sens mes mains se couvrir de moiteur, mais mes yeux, eux, ne me jouent aucun tour: un double de moi a bel et bien existé dans cet univers, et il est mort il y a quatre ans. *Je* suis mort il y a quatre ans...

Il n'y a donc pas que la nature de nos visions, que Philippe a voulu nous cacher. Le double de mon père nous ment depuis le début. Et sur toute la ligne.

Le choc est brutal, mais l'heure n'est pas aux grands états d'âme. Autour de moi c'est la cohue: des élèves hurlent à tue-tête en se bousculant dans tous les sens. Si les plus trouillards courent s'abriter, les plus téméraires m'encerclent comme une bête de cirque qu'on ne voudrait pas laisser s'échapper. Je me tourne péniblement vers Claudie, qui, elle, n'a pas bronché d'un centimètre. Le teint blême, les yeux presque exorbités, elle aussi semble ébranlée par la découverte.

— Claudie, s'il te plaît, que je bredouille d'une voix étranglée par l'émotion. Viens avec moi...

Mais elle ne réagit pas. L'hésitation persiste derrière son regard. Je tends vers elle une main suppliante. L'espace d'un instant, je crois voir la sienne qui se lève également, mais tout avorte lorsque des élèves s'emparent d'elle. Claudie est une des leurs, à présent. La foule l'entraîne plus loin pour la protéger. Une ligne de front se forme entre nous. Je crie son nom tandis que la petite reine disparaît dans la masse.

— Claudie !

TROIS... Terrifiés mais furieux, les élèves autour de moi vieillissent à vue d'œil, leurs vêtements branchés prenant l'apparence de longs manteaux bruns ou beiges, de foulards de laine et de chapeaux feutrés... *DEUX...* Les fourches et les pelles sont brandies bien haut, puis, alors que sont allumées les torches, les couleurs, elles, s'éteignent sous leur éclat noir et blanc... *UN...* Baissant les yeux, je découvre mes mains disparates et mes bras parcourus de coutures, qui montent jusqu'à mes épaules pour retenir les membres de cadavres que le Dr Frankenstein a rapiécés ensemble.

ACTION!

— Attrapez-le ! s'écrie l'un des paysans.

De grosses gouttes de sueur coulent entre les agrafes sur mon crâne. Les vis dans mon cou m'empêchent de tourner la tête librement. Un moustachu à ma gauche s'élance le premier, et je me jette au sol pour éviter le tranchant de sa hache. Je veux m'enfuir en rampant, mais les pointes d'une fourche à ma droite m'obligent à me relever. Il n'y a pas d'issue. D'une seconde à l'autre, je serai empalé de tous bords, tous côtés, pendu par les pieds, brûlé sur le bûcher, avant d'être donné en pâture aux chiens du village, dans cet univers parallèle où personne ne retrouvera jamais mon corps.

On approche les torches de mon visage monstrueux, que je cache derrière mes mains plus monstrueuses encore. Je me laisse glisser contre le grand mur décoré de plaques quand une voix s'élève au-dessus de la grogne :

— Cours, Gab ! Cours !

Hein ? Qui est là ? D'un coup, le monde retrouve ses couleurs. Entre les jambes des élèves face à moi, j'aperçois celles de Ludovick, qui dévale le grand escalier de gauche. Théodore et Annabelle le suivent de près. Menés par le rouquin, et sans avertissement, ils atterrissent sur le repos en béton, au pas des marches, et s'élancent vers mes agresseurs avec un rugissement tribal. Ceux-ci n'ont d'autre choix que de me laisser pour protéger leurs arrières.

Le branle-bas est lancé, des coups volent de part et d'autre, des cheveux se font tirer à deux mains, mais les chances sont inégales. Mes amis se défendent à trois contre douze, peut-être plus. C'est sans compter les surveillants, que j'entends siffler avant de les voir se jeter dans le tas pour faire cesser les hostilités.

M'aidant du mur pour me lever à genoux, j'entrevois Ludovick dans la mêlée. Il arrache le sac de sport des mains d'un grand secondaire cinq. Les poings maintenant libres, ce dernier l'en remercie en lui écrasant une droite en pleine gueule.

— Mmph!

— Ludo! Il est où, Jocelyn? que je lui demande en voyant Annabelle se faire griffer par un couple de petites pestes.

Maussade comme il l'est aujourd'hui, sa présence à leurs côtés améliorerait sûrement leurs chances de victoire. Mais le rouquin me répète de fuir, et je comprends qu'il n'a jamais été question de gagner ce combat. C'est une distraction, sans plus. Leur sacrifice ne servira à rien si je ne mets pas les voiles au plus vite.

— Ta sœur! réussit à placer Ludovick entre deux frappes. Argh! Va chercher ta sœur!

—OK !

De retour sur quatre pattes, je me faufile sans trop de peine entre les lignes ennemies. Une petite foule de spectateurs se sont rassemblés devant la sortie de l'administration, mais ceux-ci ne démontrent aucun signe d'agressivité. Je me relève parmi eux, puis je m'éclipse vers la porte vitrée, qui s'ouvre après m'avoir rapidement identifié – ah ! C'est donc pour ça que les portes ici m'autorisent le passage : l'école n'a jamais dû effacer mon double de sa base de données biométriques !

La voie est libre, mais j'hésite un moment. Derrière moi, la bagarre achève. Des professeurs et un homme que je présume être le directeur de l'école – Mme Duranceau dirige peut-être un établissement plus prestigieux dans cet univers – ont joint leurs efforts à ceux des surveillants pour maîtriser les combattants les plus coriaces. Théodore et Annabelle sont tenus à l'écart, Ludovick aussi. Celui-là ne s'est pas donné à moitié : son chandail déchiré lui pendant au cou, il peine à se tenir sur ses grandes échasses molles. Si son nez rougi saigne sur ses lèvres fendues, celles-ci trouvent le moyen de sourire malgré tout.

Cré Ludovick... Il ne s'est pas excusé par simple principe, tout à l'heure. Sa honte était sincère : il regrette vraiment la façon dont il m'a traité ces dernières semaines, voire ces dernières années, depuis qu'Alexis s'est joint à notre duo.

Note à moi-même de le rassurer bientôt: nous sommes quittes.

Souriant à mon tour, je franchis finalement la porte alors que le directeur en furie ordonne à tous les élèves présents de s'aligner contre le mur des trophées. Mieux vaut disparaître avant que... Paf! Deux bras sortis de l'ombre m'attrapent par-derrière, une main se posant sur ma bouche pour m'empêcher de crier.

Quoi encore?

Pris de panique, je cherche à me débattre, mais en vain. Je suis restreint. La main sous mon nez est gantée, je peux sentir le matériel sur ma peau. J'abaisse les yeux pour constater qu'un dispositif circulaire brille d'un bleu clair sur le dessus du gant – hein? Plus loin, sur l'avant-bras, un hologramme flotte au-dessus d'un écran de contrôle: la vibraveste! Philippe m'a retrouvé!

Il met l'appareil en marche. Le vrombissement s'élève au moment où les vibrations traversent mon corps en état de choc.

— Mmmph!

CRAAAC!

Nous disparaissons dans une explosion de lumière.

CHAPITRE 14

— Philippe, arrête ! Lâche-moi tout de suite !

— Avance.

Une main tenant son casque, l'autre fermement agrippée au col de mon coton ouaté, le double de mon père m'entraîne à travers les couloirs mal éclairés du LAIR. J'ai la tête qui tourne. Le cœur me tourne aussi, mais dans l'autre sens. Je n'ai pas perdu connaissance – mon premier voyage interdimensionnel s'était terminé dans les pommes –, mais je doute que la suite des choses s'avère aussi confortable qu'elle l'était vendredi.

— Une semaine ! Bientôt une semaine que je vous ai accueillis chez moi, ta sœur et toi, grogne Philippe en me poussant vers l'avant. J'aurais pu vous renvoyer d'où vous venez, ç'aurait été le choix intelligent, le bon choix, mais non ! Je vous ai logés, je vous ai nourris, je vous ai vêtus. Tout ce que je vous demandais en retour, c'était de rester tranquilles dans la maison !

Arrivés au bout d'un corridor, il m'entraîne vers le prochain, que je ne reconnais pas plus que les deux précédents. Tout ici a un petit je ne sais quoi de différent.

— Comment ai-je pu croire que tu allais m'écouter ? poursuit-il. Tu t'es sauvé à la première occasion, et moi, qu'ai-je fait quand je t'ai finalement retrouvé ? Je t'ai ouvert les portes de mon laboratoire ! Ha ! Comme si ça pouvait t'intéresser...

Philippe est méconnaissable. Toute la douceur avec laquelle il s'exprimait cette semaine a dégénéré en une agressivité sautillante. Sa respiration est irrégulière, il halète, il se parle à lui-même. Tous les muscles de mon corps me hurlent de m'enfuir, mais comment ? À deux reprises, depuis que nous avons retrouvé nos formes tangibles, j'ai essayé de me libérer de son emprise. Chaque tentative s'est soldée par une humiliante défaite, les vibrations et les décharges électriques du voyage m'ayant raidi de la tête aux pieds.

— Philippe, tu... Argh ! Arrête, tu m'étrangles !

— Alors marche plus vite ! s'impatiente-t-il. Non mais ! Qu'a bien pu faire ta mère pour que tu deviennes un pareil pleurnicheur ? Mon Gabriel, lui, le vrai Gabriel... Il ne se plaignait jamais de rien... Il était bien élevé, oui...

Le «vrai» Gabriel, mon double dont il nous a caché l'existence. Et Noémie, dans tout ça? Est-elle le double d'une adolescente décédée? Qu'est-il advenu du double de notre mère?

Le couloir nous mène vers une pièce circulaire, au centre de laquelle une structure cylindrique en verre renferme une plateforme aussi ronde. Le globe connecté de l'intelligence artificielle suit notre déplacement de son voyant vert. Il analyse nos données biométriques avant de nous autoriser le passage: «Bienvenue, Dr Landry. J'attends vos consignes», dit la voix synthétique mais féminine.

— Merci, Éléonore.

Hein? Mais... Où est passé Sésame?

Je questionne le docteur, qui garde le silence. Il me pousse à l'intérieur de la structure s'ouvrant sous nos yeux. Le cylindre de verre se referme en émettant un léger sifflement, puis un second mécanisme s'actionne: la plateforme sous nos pieds s'enfonce dans le plancher. Il s'agit d'un ascenseur, mais d'un modèle très différent de celui que nous avons emprunté cette semaine.

— Eux et leur saleté de plaque commémorative, grommelle Philippe pour lui-même. Combien de fois leur ai-je dit que je n'en voulais pas!

La plateforme descend toujours. Elle traverse le plancher, qui, une fois passé au-dessus de nos têtes, se révèle être le plafond du vaste laboratoire. Le nez presque collé à la vitre, je regarde en bas, vers les stations de travail que j'ai vues alors qu'elles étaient opérées par des bras mécaniques. Des machines plus complexes ont remplacé ces derniers, qui n'apparaissent plus nulle part.

Cet ascenseur futuriste tout droit sorti d'un livre de Ray Bradbuy, la voix féminine du programme d'assistance domestique, le nouvel équipement du laboratoire; j'avais des doutes à l'étage, quand il m'a paru que la réception avait changé ses dimensions, mais j'en suis certain à présent: cet immeuble n'est pas le LAIR.

Pas la version que je connais, en tout cas.

La plateforme se pose finalement. Une grande ouverture s'élargit de façon latérale dans le verre de la structure cylindrée. Le double de mon père me tient toujours par le col. Il me tire rudement hors de l'ascenseur, avant de me larguer un peu plus loin. Je titube pour retrouver mon équilibre.

— Tiens, lâche-t-il sèchement. J'ai tout fait pour ne pas que tu aboutisses ici. C'est toi qui m'as obligé à le faire, n'oublie jamais ça.

— Philippe... C'est pas ton labo, ici. Où est-ce qu'on est? Pourquoi tu nous as menti sur nos doubles? T'as déjà eu des enfants!

Mais le docteur n'a aucune intention de me répondre. Ignorant mes poings en garde, il insère deux de ses doigts gantés dans le col de sa combinaison pour en sortir une chaînette en argent. À celle-ci pendouille son fameux porte-bonheur, le médaillon calciné, qu'il retourne dans sa main, l'air dépité.

— Le multivers est vaste et complexe, Gabriel. Trop vaste et trop complexe pour l'expliquer à un garçon de quatorze ans.

— J'ai eu quinze en septembre. Tu devrais le savoir...

Un sourire s'étire sur son visage. Un sourire sincère mais troublé qui se déforme en une grimace de douleur.

— Crois-moi, Gabriel, j'avais l'intention de ramener tous tes amis chez eux. Chacun dans son univers, dit-il d'une voix chargée d'émotion. Un jour, à tout le moins, quand tout serait rentré dans l'ordre. J'aurais réparé mes erreurs... Mais il a fallu que tu t'en mêles. Il a fallu que tu fasses le voyage, toi aussi.

Philippe s'agite et je recule d'un pas prudent. Il s'interrompt un moment, puis reprend sa tirade d'un ton plus doux.

— Bien sûr, c'est en partie de ma faute. C'est moi qui ai choisi de vous garder ici. C'est moi qui n'ai pas été assez fort. Noémie, ce soir-là, quand je l'ai vue marcher dans les bois... Elle a toujours eu les yeux de sa mère. Maintenant que vous étiez là, j'ai cru que le risque était négligeable. J'ai cru que vous suivriez mes consignes... mais vous n'êtes pas mes enfants. Elle n'est pas

Noémie, et tu n'es pas Gabriel, conclut-il en serrant le médaillon dans sa main. Tu es sorti sans mon consentement, des camarades t'ont reconnu, et j'ai été forcé d'intervenir. D'ici quelques heures, les autorités viendront fourrer leur nez dans mes affaires. Ils débarqueront chez moi avec leurs carnets de questions, comme s'ils pouvaient sérieusement y comprendre quelque chose. Ce n'est pas ce que je souhaitais, mais je dois maintenant partir. Je dois m'établir ailleurs pour poursuivre mes recherches, prendre la place d'un autre...

Plus grand que nature dans sa combinaison rayonnante, le double de mon père délire cependant. Partir où ? Prendre la place de qui ? S'arrêtant finalement de marcher, il rentre le médaillon dans sa combinaison. Il enfonce son casque sur sa tête et pianote une commande sur l'interface holographique que projette son écran de contrôle – couilles ! S'il part sans moi, je serai prisonnier ici !

— Philippe, s'il te plaît ! T'as raison, OK ? que je concède en réduisant subtilement la distance entre nous. Je m'excuse d'être parti ce matin. T'avais sûrement de bonnes raisons de nous cacher des choses, j'aurais dû te faire confiance.

— Eh bien, maintenant, il est trop tard pour ça...

Puis Philippe appuie sur la touche d'envoi.

— Non !

Une fraction de seconde. C'est tout ce dont la vibraveste a besoin. Les dispositifs de la combinaison s'activent et leur vrombissement fait siffler mes oreilles. La lueur du réacteur dans son sternum s'intensifie, puis, en raison de sa défaillance, comme il me l'a expliqué hier, des rayons crépitant d'électricité jaillissent dans tous les sens. La silhouette de Philippe s'illumine aussitôt.

Plus de trois mètres nous séparent. Je m'élance vers lui, mais je ne suis pas assez rapide : CRAAAC ! L'explosion énergétique me projette vers l'arrière. Ma casquette roule un peu plus loin. Je bondis sur mes pieds, mais la lumière s'est déjà éteinte. Philippe s'est volatilisé.

— Non, non, non ! Couilles !

Pris de panique, je me rue vers la structure cylindrée, qui s'est depuis refermée. Je peste, je crie à Sésame de m'ouvrir, puis à Éléonore quand je me corrige. Je cogne à deux poings sur le verre, mais il résiste à l'assaut. Un mécanisme s'actionne et la plateforme circulaire se met en marche de l'autre côté de la paroi. Celle-ci monte lentement mais sûrement dans les hauteurs du laboratoire, allant s'insérer dans l'ouverture au plafond. L'issue est scellée ; mon sort l'est tout autant.

— Va chier !

Furieux, je pousse un cri primal en donnant un violent coup de pied sur le verre. Le choc a l'effet d'un ressort sur la plante de mon pied et je tombe sur le derrière.

— Aoutch !

Étendu sur le dos, les bras grands ouverts sur le plancher en béton froid, je reprends progressivement mon souffle. J'inspire par le nez, le regard fixé aux lumières suspendues qui brillent entre les conduits exposés de la ventilation, puis j'expire par la bouche.

OK. Ça fait du bien. Encore une fois…

J'inspire en fermant les yeux, cette fois. L'éclat des lumières se diffuse en lueur orangée derrière mes paupières. Je retiens mon souffle en comptant trois bateaux. Puis, juste avant que je ne relâche mon air, la brillance des éclairages s'obscurcit davantage. Bon. Qu'est-ce qu'il y a encore ? Cette Éléonore compte-t-elle me plonger dans la noirceur ? Les joues gonflées comme des ballons, j'ouvre un œil pour découvrir, à contre-jour, la silhouette d'un homme penché au-dessus de moi.

— Bienvenue, mon garçon.

— Aaaahhh !

Je passe près de m'étouffer en roulant sur le côté pour me relever. Poussant sur le sol avec mes mains, je me relève face à l'intrus, avant d'actionner une béquille, que je dégaine comme un fleuret.

— Restez où vous êtes !

— OK, OK, tout doux, mon garçon, dit-il en rigolant pour détendre l'atmosphère. Je ne te veux aucun mal, c'est promis.

Calme face à mon agressivité soudaine, l'homme sort ses mains des grandes poches de son sarrau blanc. Il les lève pour me prouver sa bonne foi, reculant d'un pas conciliant vers le centre du laboratoire. En tout cas, il me semble... C'est dur à dire, tout s'embrouille autour de moi. Je me suis levé trop vite et le sang m'est monté à la tête. Mon « arme » braquée sur lui, je m'appuie contre la paroi de verre dans mon dos pour combattre le tournis.

Ma vue s'éclaircit peu à peu et je distingue finalement les traits de l'inconnu : sous une tignasse grisonnante et une barbe bien fournie, je reconnais son sourire bienveillant et ses grands yeux. Il porte d'imposantes lunettes qu'il remonte sur son nez en pinçant une branche entre son pouce et son index.

Tu... me... NIAISES ?

— Permettez-moi de me présenter, dit-il en me tendant la main. Je suis le Dr Philippe Landry. À qui ai-je l'honneur ?

CHAPITRE 15

J'aurais dû m'en douter. Dès l'instant où Philippe m'a traîné dans ce laboratoire qui n'était pas le sien, j'aurais dû le savoir : dans chaque version du LAIR se terre une version de mon père, chacune plus malhonnête que la précédente. Mais ce double-ci ne me flouera pas aussi facilement. Il peut sourire tant qu'il le veut sous sa grosse barbe, il peut me tendre ses deux mains si ça lui fait plaisir, je ne broncherai pas. Acculé au verre de la structure cylindrique, ma béquille pointée vers son visage, je ne lui concède pas un centimètre.

— S'il te plaît, mon garçon, dit-il d'un ton qui se veut conciliant, je comprends ta méfiance, mais crois-moi : je ne te veux aucun mal.

— Haha ! Elle est bonne, celle-là. Mais tu me l'as déjà faite.

— Hum, hum. Mon charmant double ne t'a pas épargné, je présume...

Songeur, Philippe-2 se gratte le menton à travers sa barbe – dans les faits, n'est-ce pas sa troisième itération, en comptant mon vrai père ?

— Bon ! s'exclame-t-il. J'ignore si ce sera assez pour te convaincre de ma bonne foi, mais... Éléonore ! dit-il vers le globe connecté au-dessus de nos têtes. Je t'en prie, ma chère, tu nous renvoies la plateforme ?

Un instant, nous attendons en silence, le nez pointé en l'air. Rien ne se produit. Le programme d'assistance domestique reste muet.

— Tu vois ? Je suis prisonnier comme toi, ici.

J'examine mon vis-à-vis, à moitié convaincu. En plus de sa barbe et de ses cheveux gras, des cernes et des taches marquent sa chemise terne et froissée. Son sarrau blanc aurait lui aussi besoin d'un sérieux lavage : sa couleur tire sur le brun sale. L'air navré, Philippe esquisse un sourire empreint de tristesse et je me surprends à y croire. Cette confiance soudaine est-elle motivée par ma raison ou par le désespoir de ma situation ? Ça, c'est une autre histoire ! Mais cette version pouilleuse de mon père semble bel et bien retenue ici contre son gré.

Poussant un soupir, je rétracte ma béquille en me laissant glisser contre la paroi de verre.

— Couilles...

— Rassuré ? me demande-t-il en s'approchant finalement.

— Pas vraiment. Philippe va se pousser dans je sais pas quel univers, pis il y a rien que je peux faire pour l'arrêter. Tu pourrais être plus saint que le pape, ça change rien. Ça nous aidera pas à sortir d'ici.

— Hehe ! Bien dit.

Il ramasse ma casquette à ses pieds et vient s'asseoir face à moi, s'adossant à la station la plus près, avant de me tendre mon bien.

— Alors, commence-t-il en s'étirant bruyamment, es-tu prêt à me dire ton nom ? « Mon garçon » me convient, mais tu es presque un homme, il me semble. Je ne voudrais pas te manquer de respect.

Je sourcille.

— Pour vrai ? T'as jamais eu d'enfants ?

— Haha ! Eh bien, non, malheureusement. Une très bonne chose, à voir où ça aurait pu mener. Mes inventions sont mes seules progénitures.

— Je m'appelle Gabriel. Gabriel Landry...

Son visage s'épanouit comme une fleur au soleil. Ses yeux forment de grandes billes rondes, puis l'étonnement fait place à une expression plus soucieuse, presque sinistre.

— Oh. Mais oui, évidemment... Gabriel Landry, répète-t-il pour lui-même, le fils disparu... ou pas tout à fait, si mon autre moi t'a enfermé ici. Mais ses recherches progressent. Malgré nos efforts, il se rapproche du but...

— Hum. De quel but tu parles ?

— Eh bien, je parle de son but, de la raison pour laquelle il fait tout ça. Que t'a dit mon double, exactement, pour justifier ton, euh... ton invitation dans son univers ?

— Ben là, tu le sais, non ? Moi, il m'a pas invité en tant que tel, mais ça a commencé avec Laurent, qui a contracté une bactérie...

Prononçant ces mots, je lève les yeux vers mon codétenu, qui baisse soudainement les siens. Cette histoire ne lui dit donc rien ? Je lui explique que ni ma sœur ni moi ne figurions dans les plans du docteur, mais que mes amis, pour leur part, avaient été sélectionnés pour remplacer leurs doubles malades, que Philippe avait égarés par accident dans le multivers. Il avait besoin de temps pour les retrouver et nous promettait une jolie cagnotte en échange de notre collaboration.

— Il nous a dit qu'il avait jamais eu d'enfants. J'ai comme compris aujourd'hui que c'était pas vrai... Ma sœur est virée légume devant ses émissions, on voit pis on touche des choses de notre univers à nous, pis il y a notre version de Laurent qui a disparu ce matin. Encore...

— Je vois. Eh bien, commence le double pouilleux de mon père en se raclant la gorge, ce n'est pas tout à fait la version que je connais. Pas du tout, à vrai dire...

Il commence son histoire en précisant que ce laboratoire, une version améliorée de celui visité à L'A2, n'est pas le sien. Ce Philippe-ci n'a même jamais été à la tête d'un laboratoire, et, avant qu'un double interdimensionnel ne se matérialise devant lui par une chaude nuit d'été pour lui demander assistance, il enseignait la biologie médicale dans une prestigieuse université. C'était il y a plus d'un an, soit longtemps avant que la vibraveste ou le vibrarium ne soient inventés, contrairement à ce que l'autre menteur nous a raconté vendredi.

Je laisse échapper un long soupir.

— Il n'y a jamais eu de bactérie...

— Eh bien, oui et non... c'est plus compliqué que ça, balbutie-t-il en pointant la station de travail derrière lui d'un doigt timide.

Je suis son index du regard. Un attirail complet d'outils et d'instruments de laboratoire reluit sous les éclairages : des béchers remplis de substances inconnues, un microscope, des boîtes de Petri renfermant de mystérieux échantillons, des fioles Erlenmeyer, des supports où reposent des dizaines d'éprouvettes, un gros ballon de verre assis sur une plaque chauffante. À l'intérieur de celui-ci bouillonne une solution jaune-orange.

Cette cochonnerie huileuse, le poison qui a infecté Ti-Caca. Je reste là à l'observer, complètement bouche bée.

— Pour faire court, commence le pouilleux, c'était en 2015. Mon double, appelons-le Dr Landry pour éviter la confusion...

Il s'interrompt pour me dire que je peux l'appeler « professeur » si je le souhaite, comme le faisaient ses étudiants à l'université. J'acquiesce en silence, dépassé par les événements.

— Bien. En 2015, donc, le Dr Landry travaillait tard dans son laboratoire, quand un appel a fait basculer sa vie. C'était la police. Un terrible incendie avait ravagé sa maison, dans le haut de la ville. Un bris électrique, semble-t-il. Sa femme et ses deux enfants dormaient à l'intérieur. L'alarme ne se serait jamais déclenchée...

— Oh. Couilles...

— Oui, très « couilles ». Le pauvre homme... C'est à ce moment-là qu'il se serait intéressé à la physique quantique et à l'état de superposition des probabilités, la porte d'accès aux univers parallèles. Le Dr Landry a fait construire une nouvelle maison à même son laboratoire, enchaîne-t-il, question d'optimiser son temps, je présume, puis il s'est consacré jour et nuit à ses travaux. Deux ans plus tard, il réalisait l'impossible en créant la première version de sa machine, le vibrarium.

Le professeur assis devant moi poursuit son histoire, mais je peine à le suivre alors qu'il s'attarde au fonctionnement de l'invention. Philippe nous l'a déjà expliqué, et mes pensées sont restées derrière, piégées par les flammes qui ont décimé sa famille. Une famille qui aurait pu être la mienne... Est-ce le sort qui nous attendait si ma mère n'avait pas été malade? Si mon père à moi ne nous avait jamais quittés? «Vous n'êtes pas mes enfants», a dit Philippe, le cœur gros, avant de m'abandonner ici. Je repense à sa grande maison vide, dans laquelle il n'entre pratiquement jamais, puis à ce médaillon calciné, qu'il ne quitte jamais des yeux... Ce bijou devait appartenir à l'un de nos doubles. Le dernier souvenir de sa famille disparue.

D'un coup, tout s'éclaircit :

— C'était ça, son but...

— Plaît-il ? me demande le professeur, que je viens d'interrompre.

— Le vibrarium, la vibraveste, il les a inventés pour retrouver sa famille, c'est ça ?

— Oui, mais pas comme tu le penses. Mon double ne souhaite pas enlever une version parallèle de sa famille comme il a kidnappé tes amis. Il...

— Il sait que ça marcherait pas, dis-je avant qu'il n'en ait la chance. Ils sauraient qu'ils sont pas vraiment chez eux. Ils sauraient qu'il est pas vraiment leur père...

Le double pouilleux de mon père remonte ses lunettes sur son nez.

— Très juste, Gabriel. Tu es un Landry, ça ne fait aucun doute... Le Dr Landry est à la recherche d'un univers bien précis. Il recherche un monde qui soit identique au sien, mais dans lequel l'incendie n'aurait jamais eu lieu. Dans ce monde, son double en place devrait également être disparu ou mourant, pour lui permettre de prendre sa place sans heurt.

Fuir ses problèmes plutôt que de les régler, faire des magouilles : là aussi, je reconnais la marque des Landry.

— Ce soir-là, quand le Dr Landry est apparu devant moi, reprend le professeur, c'était pour que je l'assiste dans sa quête. Aussi révolutionnaire était son prototype, il ne pouvait voyager qu'à l'intérieur de quatre ou cinq fréquences. Ses capacités étaient limitées et mon double cherchait à les amplifier, mais il ignorait les effets secondaires que de telles expériences pouvaient avoir sur son corps. Deux têtes valent mieux qu'une, disait-il...

— Ça fait que... T'as dit oui ?

Il éclate de rire.

— Mais bien sûr que j'ai dit oui ! Quelle question ! Une occasion pareille de changer le monde, de réécrire les livres de science, ça ne se refuse pas ! D'ailleurs, je ne voyais aucun problème moral à son plan initial. Personne ne devait être blessé, au départ... Tout ça pour dire que finalement, moi et plusieurs autres versions de nous-mêmes avons accepté de le suivre dans cette grande aventure. Le Dr Landry a aménagé des dortoirs au-dessus de son laboratoire, puis nous nous sommes mis au travail. Au nom de la science.

— Une méchante bonne idée, dis-je sur un ton sarcastique.

Le professeur toussote dans son poing.

— Oui, eh bien... Tout allait pour le mieux, initialement. Le progrès allait bon train, un de nos doubles était l'inventeur d'un réacteur à fusion froide ultra-puissant, un autre savait comment réduire les composantes dans une combinaison pratique, et moi, je gardais un œil sur l'état de santé du docteur. Mais trouver un univers aux paramètres si précis, dans un multivers virtuellement infini... c'est aussi improbable que de retrouver un grain de sable sur une plage en constante expansion! Chaque jour qui passait réduisait nos chances de succès. Le Dr Landry rentrait de ses voyages de moins en moins patient. Son humeur était toujours plus irritable, toujours plus agressive...

Une émotion naissante dans la voix, le professeur me décrit alors les conditions de plus en plus pénibles dans lesquelles leur double en chef les forçait à travailler, puis ses colères imprévisibles, qui éclataient de plus en plus souvent. Un à un, ceux qui s'opposaient à ses méthodes ont tous été renvoyés dans leurs univers respectifs.

— Il les a remplacés par de nouveaux doubles ?

— Non. En réduisant nos effectifs, je pense qu'il voulait nous punir. Nous devions travailler plus fort pour pallier la perte de nos collègues. Et à voir où j'ai moi-même abouti, je commence à douter que ces doubles soient réellement rentrés chez eux...

— Oh...

Mon codétenu abaisse son regard et je fais de même, frappé par l'horreur de cette possibilité. Nous nous recueillons ainsi un moment, puis une pensée éclot dans mon esprit. Une pensée si laide et si troublante qu'un frisson me fait dresser les poils de la nuque : si le professeur dit vrai et que Philippe a expédié ses doubles vers des univers inconnus, les adolescents égarés, eux, les a-t-il froidement arrachés à leur famille ? Les a-t-il cruellement manipulés pour mieux les soumettre à ses expériences ? De la même façon qu'il a kidnappé mes amis pour protéger ses arrières ?

Je pose la question au professeur, dont l'air grave s'assombrit davantage. Il hoche péniblement la tête.

—C'est précisément la raison de ma sentence ici, commence-t-il. Plus puissante devenait notre invention, plus loin le Dr Landry voulait voyager. Mais choisir une fréquence à l'aveuglette s'avère extrêmement dangereux. À tout moment, il risquait d'atterrir sur une version de la Terre en pleine ère glaciaire, tiens. Pire encore, il aurait pu se transporter au beau milieu du cosmos, flottant dans l'espace, sans oxygène, dans une version de notre système solaire où notre planète ne se serait jamais formée! Il a donc eu l'idée de...

Il prend une pause, incapable de continuer. Des larmes roulent sur ses joues. Il retire ses lunettes pour les essuyer.

— Il a eu l'idée d'envoyer des cobayes à sa place. Il voulait risquer la vie d'innocents et en faire des espèces d'éclaireurs interdimensionnels. Ils lui rapporteraient des rapports de leurs expéditions, et lui, il jugerait s'il valait la peine de faire le voyage ou non. Je ne pouvais pas l'accepter, tu comprends bien. J'ai attendu qu'il me laisse seul avec la combinaison, et j'ai saboté le réacteur! Évidemment, ça n'a pas suffi à l'arrêter. Le docteur a découvert ce que j'avais fait et il m'a exilé ici. En échange de nourriture, je devais lui concocter ce que tu vois là, dans les fioles.

— Je vois...

— Un produit inoffensif, me rassure le professeur. Les effets sont monstrueux, mais ils ne durent que très peu de temps. Juste assez longtemps pour convaincre un parent démuni de lui confier son enfant.

— Ark. Mais pourquoi des adolescents?

Il hausse les épaules.

— Les jeunes sont plus faciles à impressionner, je suppose. Plus faciles à contrôler. Et puis, vos corps d'adolescents sont encore frêles. Quelques gouttes suffisaient à affecter ses victimes, c'est économe.

— OK. Pis sur un chien, ce serait plus grave ?

— Euh, il faudrait voir... mais je ne pense pas.

OK. Il y a au moins ça de beau...

Les pertes énergétiques dont Philippe me parlait, les éclats de lumière, les décharges électriques, ce n'était donc pas une défaillance. C'est le professeur qui en serait la cause. C'était bien pensé, mais visiblement, ça n'a pas empêché son double de voyager. Et ça ne l'empêche pas de ruiner les vies de tous ceux qu'il croise sur son chemin.

Ma vieille casquette entre mes mains, je gratte une goutte de peinture blanche sur sa visière pliée en pointe. « Je reviens bientôt », avait écrit mon père sur sa note. « C'est une promesse »... Ce n'est pas de sa faute si maman l'a chassé en pleine crise. Et Philippe n'a pas déclenché l'incendie qui a décimé sa famille. Mais... Mais mon père a été lâche de ne jamais revenir, tout comme Philippe est responsable du mal qu'il a causé après la tragédie. Ici, aujourd'hui, le professeur et moi n'avons pas choisi d'être enfermés dans ce laboratoire. Ce que nous ferons ensuite, par contre, ce que *je* ferai ensuite, pendant que Noémie, Jocelyn, Claudie et les autres ont besoin de mon aide...

C'est ma responsabilité.

Déterminé, je visse ma casquette sur ma tête. Je m'appuie sur le large cylindre en verre pour me lever, sous le regard dubitatif du professeur.

— Hum, Gabriel? Où vas-tu comme ça?

— Mes amis ont besoin de moi. Je vais sortir d'ici.

Il rigole un instant, amusé et confus.

— Mon garçon, rien ne me rendrait plus heureux. Mais je suis ici depuis longtemps et crois-moi, j'ai tout essayé. Ce n'est pas possible.

— Ah ouais? dis-je en levant le nez en l'air, les mains posées sur mes hanches, pour mieux étudier les infrastructures du vaste laboratoire. Eh bien, maintenant, on est deux. Ça vaut la peine qu'on réessaie.

— Oui, je suppose. À vrai dire, il y a bien... non, mieux ne vaut pas.

Le professeur remet ses lunettes. Il se lève à son tour, tandis que je m'éloigne de la structure cylindrique.

— Mieux vaut pas quoi?

— Eh bien, tu dis vrai, il y a quelque chose que je ne pouvais pas faire moi-même. Seulement, c'est risqué...

— OK. Pis, ça ? Si on fait rien, on va crever ici.

— Je comprends, mais... Bon. Tu as raison, concède-t-il en se grattant le fond de la tête. Tout à l'heure, tu me parlais de tes amis. Tu disais voir et toucher des choses qui n'étaient pas vraiment là.

— Ouais. C'est comme si mon univers pis celui de Philippe se mélangeaient parfois. Si je touche quelque chose, l'objet reste avec moi.

En disant cela, je me retourne vers le double pouilleux de mon père. Le regard fixé droit devant lui, ses mains plongées dans les poches de son sarrau sale, il hoche lentement la tête, l'air absorbé dans ses pensées.

— Gabriel, je sais comment nous sortirons d'ici.

CHAPITRE 16

— Es-tu prêt?

— Hum. Pas tellement, là...

Il y a des heures que nous essayons différentes stratégies.
Tout l'après-midi, le professeur m'a initié à des techniques de
méditation, d'hypnose amateur, de «courir dans le mur en espérant passer au travers». Tout ça dans l'espoir de provoquer une
autre de mes visions. Selon lui, ces épisodes seraient en fait de
brèves interférences entre les fréquences du multivers. Comme
un poste de radio frétillant entre deux stations. Lorsqu'un tel
événement se produit, j'existerais simultanément dans deux versions de L'Avenir: la mienne et celle de Philippe, dans ce cas-ci.
Personnellement, le professeur n'a jamais vécu le phénomène,
mais plusieurs de ses doubles lui auraient témoigné d'expériences similaires.

— Tant mieux. Je vais compter jusqu'à trois.

— Euh. OK...

Une chose, par contre, et ce n'est pas à négliger : malgré ce que me transmettent mes yeux, ce ne sont pas les univers parallèles qui se fondraient l'un dans l'autre pendant ces interférences. Ce seraient mes atomes à moi, qui, une fois leur fréquence altérée, auraient acquis une certaine flexibilité. Comme s'ils avaient enregistré des « *cookies* Internet » de chaque univers visité, dans le but d'y retourner plus rapidement.

— Alors, un…, commence le professeur en posant une main sur mon épaule et une autre sur mon sternum.

J'avale nerveusement ma salive, le dos tourné vers le vide.

L'un face à l'autre, nous sommes grimpés sur une station d'assemblage, de laquelle j'ai accepté que le professeur me pousse. Sa théorie est que mon corps en chute libre préférera tomber sur la terre souple du *pit* plutôt que sur la dureté du plancher en béton. Puis ma fréquence se modifiera d'elle-même pour limiter les dommages de l'impact.

— Deux…

Ma théorie à moi, c'est que je vais sérieusement me casser la gueule ! Nous avons enturbanné le sarrau sale autour de ma tête, par mesure de prévention. Je vérifie qu'il tient bien en place.

— Professeur, plus j'y pense, plus je me demande si c'est une bonne id…

— Trois !

Trop tard. Le professeur me donne une poussée et je perds l'équilibre. Je bascule vers l'arrière en battant des bras, puis je tombe en criant d'effroi : PAF ! J'encaisse le choc sous les omoplates. Mes poumons sont vidés d'un trait.

— Paaahhh !

Les yeux exorbités, je me tortille à la recherche de mon air – couilles ! Putain de couilles enflées de plonge en *skate* sur une rampe en acier ! Mais quelle mauvaise idée !

Ma respiration reprend peu à peu du service. Je me tourne sur le ventre pour me lever à quatre pattes. Le plancher sous mes paumes est aussi dur qu'il est froid. Ma fréquence n'a pas changé, et je suis toujours prisonnier de ce maudit laboratoire. Découragé, je laisse pendre ma tête vers l'avant en fermant les yeux. Le sarrau glisse de mes cheveux et tombe devant moi.

Le professeur descend de la station.

— Gabriel ! Tu vas bien ? demande-t-il en m'approchant.

— Moouaiiis…, que je lui réponds entre deux gémissements.

— Et puis ? As-tu vu quelque chose ? Le « *pit* », comme tu l'appelles, ou ce sergent Duval, que tu m'as dit voir parfois ?

C'est négatif. Je hoche la tête en m'asseyant sur mes talons.

— Ah. Bon... Possible que ces stations ne soient pas assez hautes. Je me demande si l'on ne pourrait pas en lever une à la verticale. Ou te bander les yeux, peut-être ?

Me bander les yeux ? Mais il est fou, celui-là ! Le professeur me tend une main que je repousse aussitôt.

— Non ! C'est assez ! Ça fait des heures que tu me bardasses d'un bord pis de l'autre. J'ai mal partout, c'est dangereux !

— Je comprends, Gabriel. Crois-moi, ça ne me fait pas plaisir, mais quelle autre option avons-nous ? Ta sensibilité aux fréquences visitées est notre meilleure chance de nous sortir d'ici.

— Ouais, ben, ça marchera pas si tu me brises le cou, OK ? J'étais pas en danger quand je suis passé au travers de la maison, ce matin. Je me suis tourné vers la cuisine, pis les arbres étaient là.

Je parle en faisant de grands gestes avec mes bras. Une tactique de persuasion qui s'avère efficace, puisque mon codétenu abdique finalement. Grattant ses cheveux sales, il va s'asseoir à côté de ma casquette, sur une station poussiéreuse.

— D'accord, je vois, lâche-t-il d'un ton résolu. J'ai compris, la peur n'est pas le bon stimulus. Retour à la case départ.

— Bon ! Merci.

Soulagé, je laisse échapper un soupir. Mais le professeur n'a pas dit son dernier mot : il croise un bras sur sa poitrine et prend son menton entre ses doigts, pensif.

— À moins que...

Oh que ça sent mauvais, cette hésitation-là ! J'attends la suite de sa réflexion, qui se fait royalement désirer.

— À moins que quoi ? que je lui demande finalement.

— Hum ? Oh, rien. C'est une pensée idiote.

— Professeur...

— Très bien, si tu insistes ! dit-il en levant ses mains comme pour plaider l'innocence. Je me disais que la nature du stimulus n'était peut-être pas importante, après tout. Si tu n'arrives pas à modifier ta fréquence résonnante, c'est peut-être bien une question de volonté.

— Une question de volonté ? Tu veux dire quoi, là ? Tu penses que je veux pas vraiment sortir d'ici ?

Il hausse les épaules.

— Oui et non. Peut-être pas...

— Hé ! que je proteste en me levant. Il y a ma mère pis les familles de tous mes amis qui nous attendent dans notre univers.

Ils vont penser qu'on est morts si on rentre pas bientôt à la maison.

— Oui, oui, c'est vrai pour tes amis. Mais toi, c'est bien ce que tu voulais, n'est-ce pas ? Contrairement à eux, tu es parti de ton plein gré. Tu me l'as dit tout à l'heure, Philippe ne t'a pas *choisi* comme les autres...

— Ben ouais ! Je suis parti pour les sauver.

— Pour les sauver eux ou... pour te sauver toi-même ?

— Quoi ? Pour les sauver eux !

Mais pour qui il se prend, tout d'un coup ? Insinuer comme il le fait que je ne veux pas rentrer dans mon univers, que ma mère pourrait mourir de peine et que ça ne me ferait pas un pli sur la poche ! Je m'éloigne en secouant la tête, avant de me fâcher davantage. Lui, il reste assis là, sur sa maudite station de montage. Il prend ma casquette entre ses mains et l'examine sous tous les angles.

— Dis-moi, Gabriel, comment décrirais-tu ta relation avec tes parents ? Avec ton père, en particulier, mon double qui t'a mis au monde.

J'ignore sa question, préférant ne rien dire.

— Ta casquette n'est plus très jeune. C'est ton père qui te l'a rapportée du travail ?

— Arrête de parler.

— Quoique… Elle a de l'âge, cette casquette. Si ton père n'a jamais cru bon la remplacer, c'est peut-être qu'il a quitté son emploi… ou bien, c'est qu'il t'a quitté, toi. Je me trompe ?

Argh ! Assez ! Va-t-il se taire, à la fin ? Comme si je n'avais pas assez de deux Philippe Landry pour me pourrir la vie ! Faisant les cent pas, les mâchoires serrées, je lui décoche un regard assassin, qui ne semble pas lui faire le moindre effet.

— Comment ta mère vit-elle la séparation ?

— La ferme, que je répète entre mes dents.

— Je vois… Au moins, tu avais des amis, n'est-ce pas ? Ça n'a pas dû être facile de les voir partir dans ce nouvel univers, sans toi… C'est pour cette raison que tu as abandonné ta mère ?

Pardon ? Je pivote face à lui, prêt à lui sauter au visage.

— Ferme-la, j'ai dit !

Le visage impassible, le professeur ne remue pas un muscle. Il tient ma casquette par le bout des doigts et me regarde d'un air complètement détaché. Puis il la laisse tomber à ses pieds comme un vulgaire déchet.

Le. Fils. De…

— AAAH !

Cette fois, je n'en peux plus : un nerf lâche en moi et je m'élance dans sa direction. Je cours comme un enragé, mais je n'ai pas franchi deux mètres que je pile sur une manche du sarrau traînant par terre – couilles ! Le tissu glisse sous mon pied et je tombe à la renverse, dans une impression de ralenti : les yeux grands ouverts, les jambes et les bras pointant dans tous les sens, je me tords dans les airs tandis que ma tête se rapproche du point d'impact. Je vois les stations d'assemblage s'incliner de côté, le grand cylindre en verre se pencher, puis, alors que s'embrouille ma vision, comme si le laboratoire en entier s'était mis à trembler, je discerne le professeur, qui n'a toujours pas bronché. Sous sa barbe épaisse, que les vibrations fondent dans un brouillard de couleurs, son visage s'étire en un sourire victorieux.

Paf ! Je tombe plus d'un mètre plus bas.

— Aoutch !

Le choc a fait mal – encore – mais je ne crois pas m'être blessé. Je me recroqueville sur le côté en me prenant la tête : mes cheveux sont secs, il n'y a aucune trace de sang.

— Couillon de prof…

J'inspire profondément, les yeux clos depuis l'impact. Puis je lâche ma caboche pour me lever, en prenant appui par terre. Ce que je sens, sous mes paumes et mes doigts, n'a rien du plancher dur et froid sur lequel le professeur ma poussé tout à l'heure. C'est frais, d'accord, mais c'est doux.

Doux et terreux...

J'ouvre mes yeux, qui ont besoin de quelques secondes pour s'ajuster à la pénombre. Devant moi s'élève une paroi de terre rocailleuse.

— Qu'est-ce que...

Un vent glacial souffle à travers mon ensemble de coton : brrr! Je me prends les côtes pour me réchauffer, puis, levant le regard, je découvre un ciel d'un bleu royal et profond qui se dégrade vers l'orangé d'un soleil couchant. Plus bas, les cimes des arbres squelettiques oscillent dans le vent, le vrombissement de voitures roulant non loin produit un écho sur les parois de l'excavation, un morceau de ballon déchiré en latex rouge pendouille sur une racine saillante – les ballounes d'eau! Frappé d'étonnement, je me lève d'un bond au centre du trou béant : je suis au *pit*.

— Ah, ouais! Haha!

Ça a marché! J'ai altéré ma fréquence résonnante! Le professeur avait vu juste, il fallait seulement rassembler les conditions nécessaires. Est-ce pour cette raison qu'il m'a dit ces horribles choses? Pour voir ce que la colère provoquerait en moi? Peu importe, puisque ça a fonctionné! Je suis de retour chez moi, dans mon univers!

Ne manque que ma casquette, qui est restée de l'autre côté, mais bon. Je la récupérerai plus tard. En cet instant, je danserais pour exprimer ma joie, mais je n'ai pas de temps à perdre. Le double pouilleux de mon père me l'a bien expliqué cet après-midi, ces interférences ne sont qu'une solution temporaire : il suffirait que je perde ma concentration pour être catapulté sur une autre de mes fréquences enregistrées. Au mieux, je refais le voyage, mais au pire, je pourrais accidentellement me matérialiser dans un mur, la tête pendant d'un côté, mon corps inerte de l'autre.

Riant comme un enfant, je cours vers la paroi de terre, que je longe sur quatre ou cinq mètres. J'escalade une section moins à pic en m'agrippant à des pierres. Arrivé au sommet, je me tire sur le sol stérile. Je me mets à genoux en secouant la terre de mon coton ouaté sale – moi qui trouvais idiot cette semaine de laver mes ensembles après avoir glandé toute la journée, je pourrai dire que je m'en suis servi aujourd'hui !

Je m'apprête à repartir quand une voix étouffée retentit derrière moi :

— Attends donc une minute...

Hein ? Je tourne la tête vers l'arrière : de l'autre côté de l'excavation sont piquées les grandes tentes blanches que j'ai vues hier, en équilibre sur la plateforme du laboratoire de L'A2. De gros projecteurs éteints sont perchés en hauteur, aux quatre coins du terrain vague. Derrière eux, des rubans jaunes sécurisent tout le périmètre, accrochés aux arbres formant la lisière du petit bois.

L'entrée d'une tente s'ouvre soudainement. Un homme portant un coupe-vent foncé en sort, suivi de deux autres.

Non, non, non! Le sergent Duval!

Je me jette à plat ventre. Des particules de terre volent dans ma bouche, que je couvre à deux mains pour ne pas tousser. Les deux personnes suivant Duval sont un policier en uniforme et un civil en gros gilet chaud. Scrutant l'obscurité, ni l'un ni l'autre ne semblent y voir grand-chose. Le sergent signale à son subalterne de lui tendre sa lampe de poche. Celui-ci s'exécute, puis, avant que le faisceau de lumière ne m'illumine le derrière, je rampe vers la broussaille pour m'y camoufler.

— Vous avez entendu quelque chose, sergent? demande le civil.

— Mmm... On aurait dit...

L'officier à ses ordres s'approche du trou. Il s'étire le cou pour en inspecter le fond.

— Je peux aller faire une ronde si vous voulez.

— Ouais, vous pourriez, lui répond Duval en pleine réflexion. Je vais venir avec vous. Dr Hébert, vous avez une deuxième lampe de poche à l'intérieur?

— Non, mais je peux rallumer les projecteurs, si vous le désirez.

— C'est vrai. Bonne idée.

Couilles. Il est temps que je foute le camp d'ici.

L'homme s'éloigne vers une tente voisine, bien plus large que la première. Il se glisse sous la toile. À l'extrémité de celle-ci, je remarque de gros fils électriques noirs qui sortent à ras le sol. Chacun d'entre eux se connecte à l'un des projecteurs sur pied. Duval a dû les faire installer après notre disparition, pour passer le terrain au peigne fin... Un moteur se met en marche, possiblement celui d'une génératrice : les puissants projecteurs fouettent la clairière et son excavation de leur éclat.

Wow ! Le soleil a complètement disparu derrière la cime des arbres, mais on se croirait en plein jour tellement ces engins sont forts ! Heureusement, le bois demeure très sombre. Les arbres projettent leur ombre l'une par-dessus l'autre.

Couché sur le ventre, je m'aide de mes coudes pour reculer par terre, pendant que les policiers s'aventurent d'un côté et de l'autre du cratère. Je rampe ainsi jusqu'au pied d'un large tronc d'arbre. Je me glisse derrière lui, puis, en m'appuyant sur mes paumes, je me lève doucement sur mes jam...

Crac ! Une brindille casse sous ma main.

Le souffle coupé, je lève le regard vers Duval, à ma droite, qui pointe le faisceau de sa lampe de poche droit sur moi – m'a-t-il vu? Pas encore, puisqu'il balaie la lisière avec sa lumière. Le sergent s'avance néanmoins, une main allant se fermer sur la crosse de son pistolet.

— Police! Il y a quelqu'un? Montrez-vous.

Mon diaphragme s'emporte, de grosses gouttes de sueur froide me coulent sur les tempes. Lentement, je recule à quatre pattes dans les feuilles du sous-bois. Le sergent réduit la distance entre nous. Il signale à l'agent de le rejoindre par la gauche: couilles! Grandes couilles collantes de vieux couillon croulant! Il n'y a rien derrière quoi je pourrais me cacher! Un coup d'œil dans ma direction et je suis cuit comme une merde au soleil!

Reculant un peu plus loin, je pose un de mes genoux sur une roche. Je plie la nuque pour lui jeter un œil. Elle est assez grosse, peut-être large comme une balle de golf. Je la prends dans ma main et la lance aussi loin que je le peux: top-top-top! Elle atterrit sur les feuilles et rebondit quelque peu.

Duval fait volte-face en dégainant son arme.

— Police, j'ai dit! Qui est là?

Le second policier sort son pistolet. Pressant le pas pour rejoindre son supérieur, il passe à deux mètres de ma tête sans jamais me voir – fiou! Tous deux s'éloignent vers la source du bruit, mais la partie n'est encore pas gagnée : je ne suis pas sorti du bois.

Littéralement...

Confiant que mes poursuivants ne se retourneront pas de sitôt, je me lève en position accroupie. Je file vers le sentier battu et traverse le grand fossé. J'atteins la clôture donnant sur la cour de récréation de mon ancienne école primaire, où mon... Non. Ils ne sont plus là.

À l'endroit où Jocelyn et moi avions dissimulé nos vélos, la semaine dernière, il ne reste qu'un amas de branches et de feuilles mortes. Un ruban jaune est accroché de l'autre côté de la clôture en grillage. C'était trop beau de croire que les inspecteurs n'auraient pas trouvé et saisi nos ferrailles.

Pas le choix, à pied, ce sera.

Je gravis la clôture, lentement, insérant minutieusement la pointe de mes chaussures dans chaque losange pour ne pas que le grillage résonne. Une fois mes jambes passées par-dessus la barre horizontale, je m'y suspends comme un gymnaste pour graduellement me laisser descendre. Lorsque mes pieds touchent le sol, les pas de Duval et de son subalterne sont assez loin pour que je ne les entende plus : je suis sauf !

Porté par une nouvelle injection d'adrénaline dans mes veines, je décampe en riant nerveusement. Je traverse la cour déserte en direction du boulevard du Harfang et de l'arrêt d'autobus le plus près.

Ouais! Hahaha! Et Philippe qui ne se doute absolument de rien! Il ne me reste qu'à retourner à L'A2, à rallier les troupes, à intercepter le savant fou avant son départ, à revenir dans notre univers, et... hum...

Et quoi, au juste?

Soudainement, je ralentis la cadence. Mes pieds s'arrêtent. Mes rires se taisent. À ma droite se trouve le terrain de basketball où Claudie et moi venions regarder nos films quand nous étions enfants. Nos parents nous obligeaient à sortir jouer dehors et nous venions nous installer ici, avec son téléphone intelligent. Elle avait trouvé le mot de passe Netflix de son père et nous partagions mes écouteurs, assis côte à côte sur nos ballons de basket. Mais Claudie et moi ne sommes plus amis aujourd'hui... Nous avons bien essayé de renouer nos liens la semaine dernière, mais l'expérience s'est terminée ce matin, quand elle a laissé ses deux horreurs s'en prendre à moi. Pareil pour Jocelyn, qui m'est tombé sur la tête un peu plus tôt. Son frère et sa sœur lui manquent, c'est sûr. Ses Jocelains aussi. Sa nouvelle vie n'est pas de tout repos, mais il finira bien par s'y habituer. Qui reviendrait vivre dans un taudis comme le sien, avec son beau-père colérique?

Les bras pendants, je me tourne vers la clôture ouest de la cour d'école. Derrière elle s'alignent les cours arrière de triplex, et derrière elles encore, mon logement à moi, à l'autre bout de la rue.

Qu'est-ce qui m'attend ici, moi?

Ma mère en larmes, évidemment. Ma mère en colère qui nous chauffera les joues pour l'avoir abandonnée comme ça, sans dire un mot. Le sergent Duval sera mis au courant, nous serons soumis à une batterie de tests comme des rats de laboratoire. Je vais rater mon année scolaire et je pourrai dire adieu au cégep.

Je pourrai dire adieu à mon avenir en cinéma...

Le vent souffle plus fort ici, au milieu de la cour sans arbres ni cratère. Je réprime un frisson quand un autobus de ville apparaît dans mon champ de vision. C'est la bonne vieille ligne neuf, direction nord. Elle roule doucement vers l'intersection de la 20e Avenue, sur le boulevard du Harfang. Le feu de circulation tourne au rouge, l'autobus commence à ralentir.

Peut-être que le professeur disait vrai, tout à l'heure. Possible qu'une partie de moi souhaitait partir d'ici la semaine dernière. Partir et ne plus jamais revenir... Noémie, par contre, Ludovick et Théo, Annabelle et Laurent – qui a disparu je ne sais où –, ils n'ont rien choisi du tout. Et c'est à eux de choisir dans quel univers ils préfèrent vivre.

Pas à Philippe.

Sans trop savoir comment ni pourquoi, la vibration naît en moi, comme une sensation d'engourdissement qui grandit dans mon abdomen et se propage d'un bout à l'autre de mon corps. Quand je rouvre les paupières, le terrain de basketball semble fraîchement repeint sur l'asphalte. L'herbe du terrain de soccer est plus verte. Sur le boulevard, l'autobus n'est plus là. Les feux de circulation non plus. Mais il y a une grande barre de savon métallique qui apparaît au sud. C'est la version autonome de la ligne numéro neuf, qui roule rondement vers l'intersection de la 20e Avenue.

J'arrive, tout le monde.

CHAPITRE 17

L'École secondaire de L'Avenir. Dix-huit heures trente, selon l'hologramme consulté en descendant de l'autobus. Tapi dans le stationnement du personnel, dissimulé par l'ombre d'une voiture, j'effectue une reconnaissance de mon environnement : les autobus scolaires ont depuis longtemps déserté le débarcadaire, quelques enseignants seulement sont encore au travail, en plus des concierges et de l'administration. J'aperçois le double d'un enseignant sortir de la bâtisse par la porte du personnel. C'est là que Philippe m'a enlevé ce matin, sous les regards médusés d'une vingtaine de personnes. Et c'est là que deux enquêteurs inspectent les murs et la pelouse, de part et d'autre du trottoir...

C'est bien tout ce qui manquait à mon bonheur : avoir la police à mes trousses dans deux univers plutôt qu'un !

Les agents semblent examiner les environs à l'aide d'un drôle d'appareil. Celui-ci rappelle les radars de vitesse, si ces derniers projetaient un large faisceau rectangulaire de lumière verte. L'air troublé, l'enseignant les salue d'un signe de tête. Il poursuit son chemin vers sa voiture, dans le stationnement. Celle-ci passe devant moi et j'abaisse la tête pour ne pas être vu. Elle s'engage dans la rue, puis s'éloigne en accélérant.

Bon. Mes amis, à présent : où peuvent-ils bien être ?

Au rez-de-chaussée, des lumières brillent derrière les fenêtres des bureaux administratifs. Partout autour, cependant, les locaux de classe sont plongés dans l'obscurité. Tous sauf un, à l'étage : un local de français, si je ne me trompe pas. Celui-là est le seul de toute la façade à avoir ses fenêtres en mode opaque. Si Ludovick et les autres sont détenus ici, c'est là qu'ils doivent se trouver. Il le faut.

Les enquêteurs terminent leur analyse. L'un d'eux commande à la porte intelligente de s'ouvrir : c'est ma chance. La tête basse, je me hâte entre les voitures. Ils entrent dans le hall, la porte se referme derrière eux, tandis qu'en courant à toutes jambes, je déploie ma béquille pour la coincer dans l'entrebâillement : toc. Je coince la porte ouverte dans un silence quasi complet.

J'attends trois secondes préventives et pénètre dans le grand hall. Plus loin devant, les enquêteurs en grande discussion montent à l'étage par l'un des escaliers principaux.

Excellent. Je peux rejoindre un escalier secondaire sans craindre qu'ils... Clic ! La porte se referme derrière moi, j'ai oublié de la retenir – couilles ! Les pas s'arrêtent, ma respiration également. Les enquêteurs s'avancent vers la main courante et je me rue sous la volée de marches, devant les toilettes des filles, avant que l'un d'eux ne m'aperçoive en se penchant.

— T'as entendu ça ? dit l'un des enquêteurs.

— Ouais.

Au-dessus de ma tête, ils finissent par se remettre en mouvement. Ils redescendent l'escalier. Deux options s'offrent à moi : me réfugier dans les toilettes des filles, où je serai pris au piège s'ils décident de les inspecter, ou filer dans le corridor derrière moi, me faufiler sous le nez du personnel administratif, entrer dans le premier local ouvert, attendre que la voie se libère avant de poursuivre vers un escalier de secours, le tout accompli dans le silence le plus total.

Wow ! Que de choix alléchants !

Les enquêteurs atteignent le repos de l'escalier. N'ayant plus le temps d'hésiter, je fuis dans le couloir. En jetant un coup d'œil au secrétariat, j'aperçois l'ancien adjoint administratif de Mme Duranceau, qui a les yeux rivés sur un dossier holographique. J'accélère la cadence, puis je m'élance au sol comme un batteur osant le troisième but, au baseball. Je traverse la longueur du bureau vitré en glissant sur une fesse, une jambe étirée vers l'avant.

Ma course s'arrête vis-à-vis d'une porte close. Je jette un coup d'œil par-dessus mon épaule, vers le hall où les ombres des enquêteurs s'étirent. Le claquement de leurs pas s'accentue. Quelques secondes encore et j'apparaîtrai dans leur champ de vision !

Bondissant sur mes pieds, je présente mon visage au capteur au-dessus de la porte. Le voyant rouge tourne au vert, mais le battant ne bouge pas : couilles ! Le bourdonnement du mécanisme s'accentue, quelque chose doit le bloquer de l'autre côté, c'est sûrement ça ! La silhouette du premier enquêteur franchit le coin du mur. Je me plaque contre la porte et je pousse, je pousse aussi fort que je... Mmph... Allez !

La porte s'entrouvre et je me glisse dans l'entrebâillement : je m'écroule mollement par terre, dans le local de musique.

— Ayoye ! que je bredouille entre mes dents.

Je me suis cogné la hanche, mais j'aurai mal plus tard : je rebondis sur mes genoux et commande à la porte de se refermer. C'est alors que je remarque la colonne d'amplificateurs qui semblait barricader la porte – pas surprenant qu'elle refusait de s'ouvrir ! Le souffle court, une main pressée sur ma hanche, je prête l'oreille aux sons dans le corridor : pas un pas, pas un bruit. Les agents ont dû faire demi-tour. Je m'adosse aux amplificateurs en renversant la tête, les yeux clos. Enfin, le calme...

Mais mon répit n'est que de courte durée :

— Toi...

Oh, oh. Le timbre maussade m'est vaguement familier.

Je relève la tête. Mes yeux se posent sur une longue chute de cheveux noirs, qui tombent à la gauche d'un crâne à moitié rasé. Eh, couilles : c'est Marilouve, qui me crucifie du regard. Elle est plantée à quelques centimètres de mon visage. Ses verres de contact couleur émeraude vont de pair avec sa robe à corset, sur laquelle pendouille un pentagramme.

— Hum. Salut, Mari...

Tenant un violon comme une massue, elle brandit un archet vers mon cœur, à la façon d'un pieu en bois. Je déglutis bruyamment.

— Tu bouges pis je te perce.

— Euh. OK...

Nerveux, je balaie la pièce du regard. Aux quatre coins de la pièce reposent des caissons de clarinettes, de flûtes traversières, de trompettes, ainsi qu'une batterie aux nombreuses cymbales et des guitares classiques suspendues le long d'un mur. Mais l'une d'entre elles n'est pas à sa place. Elle repose sur l'épaule de Jocelyn, qui la tient par le manche avec sa grosse patte musclée, comme un bâton de baseball.

— Jocelyn ! J'ai…

— C'est à moi que tu parles, le revenant ! m'interrompt Marilou. T'es censé être mort. Comment t'es revenu ? La magie noire ? Un rituel ?

— Non, c'est…

Clac ! Elle me frappe une main avec son crin de cheval synthétique.

— Ayoye !

— Réponds aux questions ! s'énerve-t-elle. Combien vous êtes, des comme toi ? Quel démon tu sers ? Parle ou je t'empale, je t'ai dit !

La gothique appuie sur ma poitrine avec la pointe de son archet. Je lève les mains en l'air en lançant des regards de détresse à Jocelyn, qui regarde la scène sans broncher.

— C'est correct, Marilou, intervient-il finalement. Il est pas dangereux.

Mon assaillante hésite un moment, puis elle recule finalement, refusant malgré tout de baisser les armes. Gardant un œil sur elle, je me lève sans geste brusque.

— Jocelyn, qu'est-ce que tu fais là ?

— Ce que je fais là ? répète-t-il en s'asseyant sur une caisse de son, ben, je me cache, c't'affaire ! L'école a viré sur le *top*. La direction a appelé la police, comme t'as vu. Ils ont renvoyé tout le monde chez eux, à part notre gang pis les autres qui ont vu l'explosion. Ils sont embarrés en haut, ça fait des heures qu'ils se font interroger.

— Ouais, mais... toi pis moi, on sait très bien ce qui se passe. Philippe nous a menti de bord en bord.

Jocelyn hausse les épaules. Il place sa guitare sur sa cuisse et, en s'assurant d'étouffer le son, il en pince doucement les cordes entre ses gros doigts de saucisse.

— Non seulement il a déjà eu des enfants, il y a jamais eu de bactérie, poursuis-je. Il s'est servi de vos doubles comme cobayes, il se sert de ses doubles à lui comme esclaves en captivité, pis... euh... Joce, tu m'écoutes ?

Mais la brute ne réagit pas. Elle gratouille sa guitare comme un gars de cégep qui se donne des airs dans un party de secondaire.

— Jocelyn, bâtard ! C'est grave ! Il veut foutre le camp avec sa combinaison ! Il faut l'arrêter avant qu'il nous abandonne ici, si c'est pas déjà fait !

Toujours rien. Il n'y a que Marilou pour me prêter la moindre attention. L'air pâle et confus, elle se tourne vers Jocelyn, qui garde le regard bas.

— Des... des doubles? lui demande-t-elle. Des doubles de quoi? Je comprends pas. De quoi il parle avec ses doubles?

— Il parle de rien.

Quoi? Mais qu'est-ce qui lui prend? Déjà qu'il s'est laissé bousculer par Claudie et ses hideuses, il va rester les bras croisés pendant que Philippe le condamne à faire du théâtre dans ses polos pastel?

— Je parle du Dr Landry, que je réponds à la gothique. Le chercheur qui travaille au Laboratoire d'avancement et d'innovation de je sais plus quoi. Il a inventé une technologie pour voyager dans les univers parallèles. Jocelyn pis moi, on vient pas d'ici.

De pâle, son teint devient blanc. Comme celui d'un vampire. Son violon et l'archet pendent au bout de ses bras mous.

— Jocelyn... C'est vrai, ce qu'il dit?

Ébranlée, les yeux qu'elle lui adresse sont empreints de crainte. Lui, il me regarde moi. Ses mains crispées sur le manche de la guitare, il me fusille d'un regard sans merci, avant que son amie ne l'interpelle de nouveau. Il hésite, mal à l'aise, puis abdique. Il acquiesce d'un timide signe de tête.

— Je m'excuse, Marilou, bredouille-t-il en frottant son crâne. Je pouvais pas t'en parler. À l'endroit d'où je viens, je joue pas de musique. Je fais pas de théâtre non plus, j'ai même pas le droit de m'approcher du local d'art dram'. Des chochottes m'ont dénoncé pour un truc...

— Des « chochottes » ? s'interroge-t-elle.

— Ouais. Des chochottes, des pisseux, des p'tits bébés gâtés. En tout cas... Même si je voulais faire du parascolaire chez nous, je pourrais pas. Mes parents ont pas d'argent, pis j'ai pas d'assez bonnes notes. Je suis pas un bon élève. Pis ce crotté-là, ajoute-t-il en me pointant d'un doigt chargé de reproches, je pensais que c'était un ami. Pas un p'tit fendant prétentieux qui se mêle pas de ses affaires !

Attends, il a dit quoi ?

— Hé ! Qu'est-ce que j'ai fait, moi ? C'est pas moi qui t'écœure depuis une semaine, c'est Claudie pis ses deux crapets !

Il se lève de sa caisse, tenant fermement la guitare par son manche.

— Ouais pis t'es venu t'en mêler, comme si j'avais besoin que tu me défendes ! Tout ce que t'avais à faire, c'est rester chez ton père pis te bourrer la face avec ta sœur.

— C'est pas mon père, que je grogne entre mes dents.

Jocelyn s'avance, menaçant. Mais je ne m'en laisse pas imposer : les poings fermés, je le défie d'un pas, moi aussi. Marilou, de son côté, cherche à désamorcer la crise.

— Hum... Les gars ? dit-elle.

— T'es même pas censé être ici, reprend la brute qui l'ignore complètement. T'étais pas censé faire le voyage, pis c'est toi qui as pogné le gros lot !

— Le gros lot ? On n'avait jamais le droit de sortir ! Depuis samedi que Sésame nous engraisse comme Hansel et Gretel !

Le ton monte d'un cran. La grosse tête de Jocelyn surchauffe à quelques centimètres de la mienne. Ses lèvres rétractées découvrent ses dents jaunes. Je lève un bras vers lui, prêt à lui déployer une béquille dans l'estomac s'il m'y oblige.

— Les gars, arrêtez..., répète la gothique.

— Pis, ça ? Tu passes du temps avec ta sœur, c'est pas assez ? me reproche la brute. Sais-tu ça fait combien de temps que j'ai pas vu mon frère pis ma sœur, moi ?

— La dernière fois que tu les as vus, j'étais là. Tu les as chassés de ta chambre pour manger tranquille.

Jocelyn voit noir ; moi, rouge. La frustration accumulée cette semaine est trop grande. Il brandit sa guitare à deux mains pendant que j'empoigne mon brassard à travers ma manche, pour être sûr d'y mettre toute la gomme. Mais Marilou en a suffisamment entendu : elle nous attrape par le col et nous tourne côte à côte, face à l'entrée du local.

— Les gars ! s'écrie-t-elle

Comme sortis d'une bulle, nous remarquons enfin ce dont elle voulait nous prévenir depuis tout à l'heure : devant nous, la porte du local est grande ouverte et les deux enquêteurs du hall se dressent sur le seuil, plantés devant l'adjoint administratif. Tous nous lancent des regards redoutables, puis l'un des policiers approche prudemment son bracelet connecté de sa bouche : « Centrale, on a un visuel. Le jeune est réapparu. »

Une idée me traverse l'esprit. J'incline la tête vers Jocelyn.

— Joce, il y a une chose que je t'ai pas dite...

— C'est-tu vraiment le bon moment, là ? murmure-t-il sur ses gardes, les yeux rivés sur les officiers.

— Il y a jamais eu de bactérie, c'est un genre de potion. Les effets sont temporaires, sauf que... Ti-Caca en a léché.

Et là, dans le silence du local de musique, le regard fixé droit devant lui, la brute prend une looongue inspiration. Les enquêteurs font un premier pas vers nous : c'est son signal. Sous le regard médusé de Marilou, la brute en furie largue sa guitare par terre. Elle bande ses muscles, puis elle fonce dans le tas en poussant un cri primal. Jocelyn percute les adultes comme une boule de quille géante, eux se barrent les pieds dans les amplificateurs au sol, tous s'écroulent dans un bruyant abat.

— Allez-y! Je vous rejoins! nous hurle-t-il en luttant.

Il ne me le répétera pas deux fois : j'attrape Marilou par la main et nous nous précipitons hors du local en sautant par-dessus l'amas humain. Un officier attrape la gothique par la cheville. Je mets les freins en me retournant, je déploie une béquille d'urgence, mais c'est inutile : ayant levé son archet haut dans les airs, Marilou frappe la main du policier, qui la relâche aussitôt.

Wow! Impressionnante, cette nouvelle version de Mariloupe!

Nous reprenons notre course vers l'escalier de secours, au fond du couloir. Un troisième policier en surgit, sûrement alerté par le message de son confrère, mais la gothique prend les devants. Elle lui flanque un violent coup de violon dans la chambre à balles et nous contournons le pauvre estropié, qui tombe en se repliant – ouf! Nous gravissons les marches quatre à quatre jusqu'à l'étage, où nous attendent deux autres officiers. Matraques téléscopiques en main, ils gardent les portes closes de deux locaux situés l'un en face de l'autre.

Mes amis se trouvent dans l'un d'eux.

— Vous, là! On bouge plus! lance un policier.

Il s'élance dans notre direction. Une idée folle me vient et je m'immobilise au milieu du corridor. Marilou, qui me tient la main, est forcée de m'imiter.

— Qu'est-ce que tu fais ? s'inquiète-t-elle.

— Tu me fais confiance ?

— Ben ! Je sais plus, là !

Comme la distance se rétrécit entre le policier et nous, je n'ai pas le temps de la rassurer, et puis, moi non plus, je ne sais pas si ça fonctionnera. Je la serre contre moi et concentre mes énergies. Une vibration naît au plus profond de mon être… mais elle meurt aussitôt – couilles ! Aux grands maux, les grands moyens : je soulève la gothique et nous renverse par-derrière comme un lutteur masqué.

— Qu'est-ce que tu… ! NON !

Nos têtes chutent en direction du sol. Marilou se met à beugler dans mes bras, mais le vrombissement l'enterre aussitôt. Ma vue s'embrouille et nous nous écroulons sur le plancher : paf ! C'est moi qui encaisse le choc. La gothique me repousse en se relevant.

— Tabar-criss ! T'es fou ou quoi ?

Je balaie rapidement le corridor du regard : les policiers ont disparu. La porte d'un des locaux qu'ils gardaient est grande ouverte.

— Ça a marché...

— De quoi ? rouspète-t-elle en se retournant. Attends une minute, sont où les poulets ?

— Ils, hum... Je t'ai emmenée dans mon univers.

Ses yeux ombragés s'écarquillent comme deux pleines lunes.

— Je pense que je vais être malade..., dit-elle.

— Ben non, ça va aller. Suis-moi, on restera pas ici longtemps.

Reprenant sa main, je l'entraîne vers la porte ouverte, au pied de laquelle s'allonge un rayon de lumière. Nous entrons dans le local de français pour tomber nez à nez avec un concierge, qui tord une guenille au-dessus d'un chariot d'entretien, près des fenêtres. Court sur pattes, le ventre rebondi, il nous regarde d'un air confus derrière ses lunettes. Marilou et moi échangeons un regard. Un malaise plane.

— Excusez-moi, dit-il. Comment êtes-vous entrés ici ?

— Hum...

Elle n'attend pas que je lui explique le processus : elle m'attrape par le col et me projette de toutes ses forces vers le tableau interactif. Non, non, non ! Bang ! Le choc m'assomme et le vrombissement renaît, accompagné de la vibration – combien de prunes je vais encore me faire aujourd'hui ?

L'employé et son chariot s'embrouillent tandis qu'une quinzaine d'élèves se matérialisent dans le local, assis aux pupitres qui s'alignent face à nous. Installés ensemble dans un coin, il y a Annabelle, Ludovick et Théo, qui a prêté son kangourou jaune au rouquin, pour couvrir les lambeaux de son t-shirt. Laides comme deux poux maquillés, Cruella et Ursula sont pour leur part installées à l'arrière de la classe. Elles s'époumonent de terreur lorsqu'elles constatent ma présence.

— Le fantôme ! Le fantôme de Gabriel est revenu !

Un vent de panique souffle sur le local de français. Tous ces élèves m'ayant pris d'assaut ce matin se lèvent précipitamment. Ils reculent vers le fond de la classe en se bousculant les uns les autres, renversant les chaises et les pupitres sur leur passage.

Eh, couilles…

CHAPITRE 18

Les cris de frayeur. Le boucan des chaises qu'on déplace. Les prières au bon Dieu, pour qu'il protège ses enfants du « fantôme » revenu d'entre les morts. À cause de ce tapage, il est assuré que les policiers dans le corridor voudront entrer dans le local, pour comprendre ce qui met leurs détenus dans un pareil état.

Je me défais de Marilou et vais à la porte close, à côté de laquelle se trouve une grande armoire métallique grise. L'empoignant dans le sens de la largeur, je la tire d'un côté et de l'autre pour la décoller du mur – ouf! Plus lourde que je pensais! Il y a quoi, là-dedans, une grosse femme en triporteur? Par chance, Ludovick et Théodore, comprenant mon intention, me rejoignent pour m'aider à barricader la porte.

— *Dude!* s'exclame Ludovick, dont le nez est recouvert d'un grand pansement rougi. Comment t'es apparu là?

— On peut tous le faire. Je pense...

Me tournant vers Théo et lui, je fais signe à Annabelle de nous rejoindre à l'avant de la classe pour un caucus d'urgence.

— Gabriel! Qu'est-ce qui t'est arrivé? As-tu revu ta sœur?

— Non, pas encore. Écoutez-moi bien, on n'a pas beaucoup de temps.

Sous le tapage et les regards méfiants des élèves entassés au fond du local, j'explique l'essentiel au trio: le mensonge de la bactérie, le véritable plan de Philippe, la course contre la montre avant qu'il ne nous abandonne dans cet univers, s'il n'est pas déjà trop tard.

— Merde! s'alarme Théo. Mais là, comment on se rend au LAIR? *Fuck!* Merde!

— Je le sais pas. Mais il faut trouver un moyen, pis vite. Jocelyn s'est sacrifié pour nous, en bas. Il faut le sortir d'ici, lui aussi.

Je relève la tête vers la foule agitée derrière nous, parcourant du regard les visages troublés.

— Quelqu'un a vu Claudie?

— Ouais, elle est dans le local d'en face, me répond Ludovick. La police nous a sortis un à un pour nous interroger. C'était son tour.

— Couilles. J'espère qu'elle...

Je m'apprête à compléter ma pensée quand une voix s'élève au-dessus de la cohue. Une voix aiguë et criarde. Je reconnais le timbre exécrable d'Ursula, qui s'avance dans le local en poussant un pupitre devant elle, comme pour se protéger de nous.

— Claudie s'en va nulle part, ma gang de fantômes d'*aliens losers*. Elle est avec la police, pis... Pis vous allez devoir me passer sur le corps pour vous approcher d'elle!

— Ouais! Pis moi aussi! la seconde Cruella, qui rejoint sa complice en refermant son grand manteau pour se donner l'air plus imposante.

Comme inspirés par le courage des affreuses, plusieurs élèves décident de les imiter. Petits et grands, ils retrouvent leur aplomb du matin et se mobilisent autour d'elles. Marilou, qui a l'habitude d'interagir avec ces pestes, ne se laisse pas intimider. Armée de son instrument à cordes, elle prend les devants en notre nom.

— Claudie vient pas d'ici. C'est pas qui vous pensez, pis eux non plus, dit-elle en nous montrant du doigt.

— Gnaaah! Toi, par contre, rétorque Ursula, on sait clairement t'es qui! Petite vampire *fuckée*, pas surprenant que tu te ranges de leur bord!

— Ah ouais ? Approche un peu, voir si je peux te surprendre !

Le regard sombre, les joues rosées, la gothique brandit violon et archet. La foule se pompe, elle aussi. Les insultes fusent de part et d'autre du local, la tension grimpe. Les gars, Annabelle et moi échangeons un regard nerveux – non, non, non, faites que nous n'ayons pas encore à nous battre ! Des secondaires deux s'emparent de grosses encyclopédies anciennes dans la bibliothèque, au fond de la classe. Théo serre les poings, Ludovick retrousse les manches de son nouveau kangourou jaune. Nous nous préparons au pire lorsqu'une voix d'homme étouffée résonne dans le couloir :

— *Fuck !* Où est-ce qu'elle est partie ? Appel à tous les agents !

Des pas se font entendre dans le corridor. Puis, un vrombissement provoque la commotion générale.

— Gnaaah ! C'est quoi, ça ? gémit Cruella en se bouchant une oreille.

Plusieurs grimacent, dont Marilou. Je tourne la tête pour découvrir la source de cet acouphène collectif : derrière nous, près de la barricade, il y a Claudie, qui est apparue comme par enchantement. L'expression sur son visage est un mélange d'angoisse et de confusion. Sa coiffure royale en bataille, elle se palpe les bras et le ventre à travers ses beaux vêtements griffés.

— Claudiiie ! s'écrient les affreuses en effroi.

— C'est les patients malades du Dr Landry! remarque un élève du groupe.

— Il les a pas guéris! Ils vont nous contaminer! s'alarme un autre.

La petite reine de L'A2 ne trouve rien à dire pour les rassurer. Elle reste là, pétrifiée et vulnérable. Pauvre elle...

Contrairement à moi, personne ne l'a préparée à cette expérience. Il y a dans ses yeux noisette la même détresse que jeudi dernier, quand Duval et ses agents nous ont appréhendés dans le stationnement du dépanneur. Et pendant qu'on la dévisage, tous attendant la moindre réaction de sa part, un semblant d'explication capable de calmer la foule qui ne sait plus contre qui se défendre, c'est sur moi qu'elle pose enfin son regard. M'avançant entre Annabelle et Théo, je lui tends une main ouverte.

— Clau. Il faut partir. Maintenant.

Des larmes perlent à la commissure de ses yeux. Elle hoche timidement la tête, et, juste comme ça, je lui pardonne notre chicane. S'il fallait qu'on s'excuse pour toutes nos vacheries, on y passerait la nuit. Je lui offre un sourire, mais la réconciliation est de courte durée: des coups retentissent contre la porte derrière elle. Ce sont les policiers, qui comprennent assez rapidement merci que nous avons barricadé la porte intelligente avec l'armoire du local.

— Bélanger! Lee! appelle l'un deux. Du renfort à l'étage, ça presse!

Eh, couilles. C'est reparti! Poussant de toutes leurs forces, les agents crient pour que nous leur ouvrions le passage. Ludovick et Théo s'activent; ils s'emparent des pupitres se trouvant à leur portée pour les empiler devant l'armoire. Annabelle et Marilou veulent mettre l'épaule à la roue, mais c'est alors que les affreuses passent à l'attaque:

— Au secooours! lâchent-elles en chœur. Les *aliens* nous ont pris en otages! ajoute Ursula, qui frétille comme un gros poisson moche sur la rive. Ils vont nous TUER!

Leurs yeux noirs et mauvais me fixent avec hargne. Il n'en faut pas plus pour que les élèves les plus agressifs passent finalement à l'action: des livres volant dans notre direction, nous sommes attaqués sur tous les fronts, pris en sandwich entre la loi et le désordre.

— OK! On part!

Je fais signe aux gars de se rapprocher. Marilou, Claudie, les trois autres et moi nous reculons dans un coin du local, derrière le bureau de l'enseignant, que nous traînons avec nous pour nous protéger de nos agresseurs les plus téméraires. Me positionnant derrière mes amis, je leur ordonne de se coller les uns contre les autres. J'ouvre les bras pour en toucher le plus grand nombre possible, puis indique à Claudie de faire de même de son côté.

— Mais j'ai pas le contrôle ! panique-t-elle. Comment on fait ?

— Il faut, euh... Fermez vos yeux !

Ils s'exécutent. Le boucan dans la classe atteint de nouveaux sommets. La foule nous insulte en beuglant. Quant aux policiers, ils ont presque réussi à repousser la porte et sa barricade. Des élèves entreprennent de retirer l'amas de pupitres pour les aider. J'attrape les mains de Claudie de chaque côté du groupe.

— Clau ! Ça marche mieux si je te fais mal !

— Qu... quoi ? s'écrie-t-elle. J'entends pas !

N'ayant pas le temps de me répéter, j'enfonce mes ongles dans ses paumes et elle s'écrie de douleur. La vibration naît en moi. Celle-ci grandit avec encore plus de force qu'à l'habitude, telle une explosion menaçant de me fendre en morceaux. Peut-être est-ce en raison de notre collaboration ? « Ne croisez jamais les jets ! », prévient Spengler dans *Ghostbusters*. Le bourdonnement enterre les cris de la foule, puis d'un coup, il n'y a plus un son. Nous ouvrons les yeux tour à tour : le bureau de l'enseignant est de retour à sa place, l'armoire est adossée au mur et les pupitres sont bien alignés en rangs. La foule d'élèves en furie a disparu, les affreuses aussi. Dans le coin opposé du local vacille le concierge, qui s'écroule sur son chariot d'entretien ménager en nous voyant réapparaître : nous sommes de retour dans notre univers.

— Vite ! que je lâche au groupe en le pressant vers la porte de la salle de classe.

Ils m'emboîtent le pas sans rouspéter, au moins. Claudie ne me réprimande pas pour l'avoir pincée aussi fort. Nous filons hors du local, puis nous dévalons le couloir en direction du hall et de ses larges escaliers, quand un vrombissement se manifeste, une touche plus aiguë que le dernier : nous allons perdre la fréquence, le professeur m'a prévenu que ça pouvait arriver !

Ludovick est le premier à perdre l'équilibre, suivi de Théo. Ils trébuchent à genoux, tandis que les filles s'appuient au mur pour ne pas faire de même. Tous les cinq, nous couvrons nos oreilles. La vibration nous traverse comme une bourrasque de vent. Relevant les yeux vers la porte d'un local, je remarque les capteurs biométriques au-dessus de son battant sans poignée : nous sommes de retour à L'A2.

À peine entrés dans le local de français, les policiers derrière nous en ressortent aussitôt. Ils ont la tête de fermiers qui auraient vu une soucoupe volante aplatir des symboles dans leurs champs de maïs.

— Voyons donc ! s'emporte l'un deux. Comment ils font ça ?

Il porte une main à son arme de service, mais son confrère, plus réfléchi, le dissuade rapidement d'en faire usage – par chance ! Les affreuses et plusieurs autres élèves surgissent du local à leur tour. Le policier le moins nerveux leur ordonne de reculer, d'aller se mettre à l'abri, mais ils font fi de ces consignes de sécurité. Ils sont trop profondément troublés pour être si facilement rassurés et trop nombreux pour être si facilement contenus.

— Attrapez-les ! hurle Ursula.

Les policiers en retiennent trois ou quatre, mais sans plus : armée de manuels, de ciseaux et de chaises, la horde en colère se rue dans notre direction. Claudie et moi aidons Théo et Ludovick à se relever.

— Go ! Go ! Go !

Nous filons tous les six vers les grands escaliers du hall. Le corridor débouche sur celui de gauche, que nous dévalons. Des projectiles sifflent à mes oreilles, Ludovick à ma droite se prend une agrafeuse derrière la tête : il tombe en pleine gueule sur le repos de béton :

— Argh !

Je l'attrape par le coude. Il se relève en gémissant, à moitié certain de l'endroit où poser chacun de ses pieds. Théo et moi nous glissons sous ses aisselles, puis nous avançons vers la porte de l'administration. La foule nous suit au pas. C'est Annabelle qui passe devant nous pour activer la reconnaissance faciale, en dégageant ses cheveux de son visage.

— Attendez! que je somme au groupe. Jocelyn est encore là. Il s'est sacrifié pour nous autres, on peut pas partir sans...

Avant même que j'aie la chance de compléter ma pensée, un cri rauque s'élève au-dessus des autres. Je fais volte-face pour apercevoir Jocelyn émerger du corridor où Marilou et moi l'avons laissé tout à l'heure. Trois policiers à ses trousses, son beau polo pastel tout déchiré, une matraque volée dans une main, une menotte pendant à l'un de ses poignets, il percute la horde d'élèves comme un boulet de canon : BANG !

— Jocelyn! se réjouit le groupe.

— C'était ben long, bout de marde! Que c'est que vous crossiez en haut? rétorque-t-il en arrachant une chaise des mains d'un petit secondaire un, avant d'en punir un autre d'un coup de matraque dans les côtes.

— Je te conterai ça plus tard, embraye!

Sans perdre une seconde de plus, le groupe passe la porte. Je cours derrière mes amis qui fuient sur le trottoir. Policiers et élèves se rapprochent dangereusement, mais nous rejoignons le stationnement du personnel, où Théo et les autres ralentissent la cadence.

— Où est-ce qu'on va, maintenant ? demande ce dernier, visiblement apeuré.

Couilles. Moi-même, je n'y ai pas pensé. C'est-à-dire que je connais notre destination – il faut que nous nous rendions au LAIR, en espérant que Philippe et la vibraveste ne se soient pas déjà volatilisés –, mais j'ignore comment faire pour que nous nous y rendions.

— Par ici ! nous appelle Claudie.

Formulant une commande à son bracelet connecté, la reine déchue de L'A2 court vers une des dernières barres de savon en métal garées dans le stationnement. C'est vrai, la fille de riches, elle a sa propre voiture autonome ! Celle-ci est mise en marche, ses portières latérales s'ouvrant sur son habitacle illuminé. Nous montons à bord du véhicule, qui décolle sous les projectiles et les huées de la horde en colère.

CHAPITRE 19

Filant sur le boulevard du Harfang, nous passons la station-service à l'intersection de la 34e Avenue. Annabelle, Théodore et Ludovick sont tassés sur la banquette arrière tandis que Claudie, Marilou et moi sommes collés face à eux, sur la banquette avant. Pour sa part, Jocelyn est assis entre nous, sur le plancher du véhicule, ses genoux montés sous son menton : l'espace nous manque dans l'habitacle luxueux de la voiture autonome, mais le temps, plus encore.

— On arrive-tu bientôt ? J'ai mal au cul, se plaint Jocelyn en se tortillant par terre.

— Je sais pas. Cinq ou huit minutes ? lui répond Claudie.

J'écarquille les yeux en l'entendant : cinq ou huit minutes, c'est trop long ! À quelle vitesse roulons-nous ? Plus ou moins soixante kilomètres à l'heure ? À l'extérieur, trois voitures roulent à égale vitesse de la nôtre, comme si nous tournions une scène de *Rapides et dangereux 12* et que nos quatre véhicules étaient attelés à la même remorque pour filmer des plans rapprochés. Je me retourne vers Claudie.

— Il y a pas moyen d'aller plus vite ?

— Je pense pas, tout est verrouillé. J'essaie de voir les paramètres, dit-elle en examinant le panneau de contrôle, mais si la limite est de soixante sur le boulevard, on va rouler pile à soixante.

— Maudit char stupide…

Théodore, coincé entre Annabelle et Ludovick, se libère les épaules en grimaçant. Il se penche vers moi en s'accoudant sur ses genoux.

— Gab, si le doc est déjà parti, qu'est-ce qu'on fait ?

— Je le sais pas.

— OK. Pis s'il est encore là ?

— Je… Je le sais pas plus. On a mes béquilles, une matraque, un char pis des menottes pour l'attacher, mais pour ça, il faudrait déjà les enlever du poignet à Jocelyn…

Ce dernier, qui m'écoute d'une oreille, attrape son poignet endolori pour tenter de le masser sous l'anneau de métal. Ce faisant, il accroche Ludovick avec son coude, provoquant chez ce dernier un soupir à peine voilé.

— Ouais, si quelqu'un sait comment m'enlever ça, ça me ferait pas de peine. Je l'ai serrée plus fort sans faire exprès, ma main s'en vient tout engourdie.

— As-tu fini de chialer? lui reproche Ludovick avec une certaine irritation dans la voix. T'es assis sur ma jambe depuis tantôt, m'entends-tu brailler?

— Pas de ma faute si t'as des grandes cannes de sauterelle, mon chum.

— Pas de ma faute si t'as deux baloneys à la place des bras.

Les esprits s'échauffent. C'était une pénible journée et tout le monde est à fleur de peau. Une flammèche naît dans l'œil de la brute, qui flanque un deuxième coup de coude sur le tibia du rouquin, très volontairement, cette fois.

— Ayoye! Gros épais!

— Tiens, chochotte! La sens-tu ta jambe, à c't'heure?

— Les gars, arrêtez ça! intervient le musicien, que les deux autres accrochent en se tapochant sur la tête. Gab! Dis quelque chose!

Je sourcille en croisant les bras. Moi aussi, j'ai vécu mon lot d'émotions aujourd'hui. Il n'y a personne pour prendre le relais?

— Je suis pas leur mère. Je veux juste qu'on roule plus vite. Claudie, t'es pas capable de *hacker* le système ou je sais pas quoi ? Le nombre de fois que t'as piraté mon téléphone, me semble que tu pourrais faire ça.

— Ugh ! Pour vrai, Gaby ? Combien de fois il va falloir que je m'excuse ? Pis je t'ai dit que je pouvais rien faire, ça te tente pas d'écouter, pour une fois ?

— Pfff ! Dit la princesse qui a voulu me faire battre par toute l'école ce matin.

— Je me suis excusée !

— Non, tu l'as pas fait.

Et juste comme ça, nous nous emportons nous aussi. Ce qu'il nous restait de sang-froid se met à bouillir. Annabelle se joint au concours d'insultes, et il n'en faut pas plus pour que l'habitacle de la voiture autonome ne soit transformé en zoo : les lions rugissent, les lamas crachent, les singes lancent leurs excréments. Étonnamment, il n'y que Marilouve la gothique qui garde son calme. Violon et archet en main, elle nous ramène à l'ordre en émettant une note aussi soudaine que stridente. Nous nous taisons sur-le-champ, couvrant nos oreilles en gémissant.

— Arrêtez donc ! Qu'est-ce qui vous prend, tout d'un coup ? Vous êtes amis ou vous l'êtes pas ? On s'en va neutraliser un solide génie du mal, le cerveau qui a créé une machine à voyager entre les univers parallèles. Pensez-vous qu'on va y arriver si vous vous tiraillez comme des gros bébés lala ?

Fixant mes pieds, je sens la honte me chauffer les joues. Couilles... Marilou a raison. Déjà que la chance n'est pas avec nous, nous n'arriverons à rien si nous nous entretuons avant même d'arriver au LAIR. Je ne les regarde pas pour en juger, mais je soupçonne que les autres partagent mon sentiment : l'intérieur de la voiture est plongé dans un silence pesant. Puis, comme si l'ambiance n'était pas déjà assez sombre, Annabelle échappe un murmure pour nous rappeler ce que cette aventure nous a déjà coûté :

— Laurent...

— Jocelyn, reprend la gothique, t'es peut-être pas la personne que je pensais, mais si le gars gentil pis doux que j'ai appris à connaître cette semaine était pas juste un personnage, tu vas t'asseoir sur ton steak pis attendre qu'on...

— Laurent ? répète Annabelle qui l'interrompt en étirant le cou.

— Ouais, on sait, Annabelle, que je lui réponds. Là, Philippe est notre priorité, mais dès qu'on a la combinaison, je te le jure, on va tout faire pour...

Mais l'endeuillée m'interrompt moi aussi. Les yeux rivés sur la route derrière mon épaule, elle se jette entre Claudie et moi pour nous écarter de sa vue.

— LAURENT ! ATTENTIOOON !

La voiture freine brusquement. Les pneus bloqués crissent sur l'asphalte pendant que Théodore et Ludovick sont projetés vers Jocelyn, Claudie, Marilou, Annabelle et moi – suis-je le seul qui ait attaché sa ceinture ? Je mange un bras en pleine gueule. Nous avons besoin d'un moment pour nous ressaisir. Enfin, tout le monde sauf Annabelle, qui ordonne à la voiture d'ouvrir les portières, avant de piler sur les gars pour sortir.

— Ayoye, bâtard !

— Excusez-moi, tassez-vous !

Mais voyons donc ! Qu'a-t-elle vu sur la route pour croire que... Hein ? Je tords la nuque vers l'avant du véhicule. De l'autre côté du pare-brise court notre amie, qui va sauter dans les bras d'un maigrichon en pyjama : Laurent Foh ! Grelottant sous la flanelle, les pieds nus, il a dû essayer de traverser le boulevard pour que les voitures le détectent et s'arrêtent aussi brusquement. Annabelle lui prend la main. Elle l'entraîne dans l'habitacle, où nous les accueillons à bras ouverts. Elle reprend sa place sur la banquette arrière ; lui, celle de Théo, qui va rejoindre Jocelyn sur le plancher.

La voiture autonome reprend son itinéraire.

— *Dude!* Qu'est-ce qui t'est arrivé, mon gars? demande aussitôt le musicien à Laurent en lui donnant une tape amicale sur le bras. On pensait qu'on t'avait perdu.

— Ah, la gang, je... Je le sais pas. J'étais chez nous ce matin, pis tout s'est mis à vibrer, je voyais pas clair... Quand ça a arrêté, la première chose que j'ai sue, c'est que j'étais dans une autre chambre que la mienne, mais couché dans mon lit avec une bonne femme.

Jocelyn pouffe de rire. Ludovick enfouit son visage dans son capuchon jaune, que Théo aimerait sans doute ravoir pour masquer son sourire, lui aussi.

— Les gars, c'est pas drôle! s'offense Annabelle.

Laurent détourne le regard, la mine basse.

— J'ai ben compris que j'avais changé d'univers, poursuit-il. Je me suis sauvé, j'ai essayé d'aller voir Anna, mais la vibration est revenue. Chaque fois que j'arrivais quelque part, je passais d'une fréquence à l'autre! Un moment donné, tu... tu perds le compte, ajoute-t-il avec émotion. J'ai tourné en rond toute la journée, je savais plus où j'étais...

Il frotte ses yeux en reniflant, comme s'il voulait retenir ses larmes. Annabelle appuie sa tête sur son épaule en l'enlaçant, pendant que les gars se calment la rate. Il n'y a rien de drôle à se perdre dans le multivers, ils devraient le savoir.

— Mais vous autres, qu'est-ce que vous faites là ? demande le rescapé, qui souhaite sans doute changer de sujet.

Sept paires d'yeux se tournent vers moi… mais pourquoi ? Tous connaissent les faits, pourtant ! Il faut croire que je suis devenu le conteur désigné.

Je raconte à Laurent l'essentiel de l'histoire, les mensonges, les interférences, ce que nous nous apprêtons à faire, dans l'optique où il n'est pas déjà trop tard. Le dos voûté dans son pyjama en flanelle, Laurent se redresse alors. Songeur, il a dans le regard une pensée qui paraît le troubler.

— Mais Gab… J'ai été au LAIR, cet après-midi.

Un silence de stupéfaction gagne l'habitacle.

— Attends. T'es sérieux ?

— Ben ouais ! J'avais la chienne, moi. C'est la première place où j'ai été quand j'ai vu qu'il y avait un problème.

— OK. T'as vu le double de mon père ?

— Non. Tout était fermé, les fenêtres étaient opaques. Sésame a jamais voulu me laisser entrer, il me disait qu'il y avait personne ni dans la maison, ni au laboratoire. Faut croire que c'était pas vrai, si Noémie est encore là. Mais bon, le docteur était sorti, qu'il disait, pis il reviendrait à dix-neuf heures. Pas avant.

J'échange un regard avec Claudie à ma droite, puis avec Jocelyn à nos pieds. Dix-neuf heures... La petite reine ordonne à la voiture de nous montrer l'heure. Un hologramme est projeté au centre de l'habitacle : dix-huit heures cinquante-deux. Possible qu'il s'agisse d'un mensonge, en effet. Probable que Sésame ait donné cette heure à Laurent, car c'est à cette heure que Philippe prévoit avoir mis les voiles. Mais... Peut-être aussi que Sésame n'est pas capable de manigances si avancées.

Par la vitre latérale du véhicule, j'aperçois sur ma gauche la devanture du restaurant libanais le Boustan, qui a pris la place du Monsieur Burger, à l'intersection du boulevard du Harfang et du chemin du Héron. La voiture autonome tourne le coin. Quelques mètres seulement nous séparent encore du LAIR et de la grande maison de verre.

À nous deux, docteur.

CHAPITRE
20

Notre barre de savon en métal s'immobilise sur le bord de la chaussée, à l'entrée du vaste terrain vert. Dénudées de feuilles, les branches des arbres le ceinturant s'entremêlent en hauteur telle de la broche. Les luminaires illuminent le pavé menant au petit stationnement du laboratoire, vis-à-vis de la voiture, et se rendant à la grande résidence toute en fenêtres, plus à l'ouest.

Les portières s'ouvrent en glissant de chaque côté de la voiture. Nous en descendons les uns à la suite des autres. Une menotte pendant au poignet, Jocelyn teste la résistance de sa matraque téléscopique. Marilou, à sa droite, tend les cordes de son violon, tandis que Ludovick retrousse les manches de son coton ouaté jaune. Théodore arrache des bandes de son chandail pour les nouer autour de ses jointures, pendant que Claudie fait de même avec sa longue robe encombrante.

Un peu à l'écart du groupe, il n'y a qu'Annabelle et Laurent qui ne semblent pas savoir quoi faire de leur peau. Ils se tiennent par la main, leur tête rentrée dans leurs épaules pour se protéger de l'air frais.

— Laurent, si tu te sens pas bien pis que tu veux nous attendre ici, c'est ben correct. Toi aussi, Anna, si tu veux rester avec lui.

— Ouais ? OK... Merci, répond celle-ci.

Reconnaissant, le nouveau couple retourne s'asseoir à l'arrière de la voiture, qui referme ses portières par la suite.

— OK ! Pis maintenant, dit Marilou, c'est quoi le plan ?

— Facile, rétorque Théo. Il y a deux bâtisses. On est six. On se sépare trois-trois pour les fouiller au plus vite.

La tête enfouie sous son capuchon jaune, Ludovick a un spasme d'aversion derrière ses bouclettes orange.

— Euh, *dude*, t'as jamais vu un film d'horreur ? C'est la première règle : il faut jamais se séparer, c'est la meilleur façon de se faire tuer.

— Ouais, sauf qu'on n'est pas dans un film d'horreur, le corrige Claudie. On est plus dans un suspense de science-fiction.

— Pff. Même affaire.

Ludovick n'a pas tort : c'est vrai que nous devrions rester ensemble. Mais nous étions ensemble, jeudi dernier. Nous faisions front commun au *pit* quand Philippe est apparu dans tout son éclat. Ça ne l'a pas empêché de nous cueillir les uns après les autres.

Je fais signe aux deux cinéphiles de m'écouter.

— Gang, une minute, là. C'est pas Jason ou Michael Myers, qu'on s'en va affronter. S'il avait voulu nous tuer, il l'aurait déjà fait.

Ludovick me concède le point. Claudie croise les bras, fière comme un paon d'avoir obtenu mon vote.

— OK, d'abord. C'est quoi, le plan ? demande le rouquin.

— On fait comme Théo a dit. Il y a deux bâtisses, on se sépare en deux groupes. C'est la façon la plus rapide de le trouver. Le plus important, c'est de l'empêcher de partir. On n'est pas là pour le tuer, nous non plus.

Disant cela, je désigne Théodore et Ludovick pour qu'ils se joignent à mon escouade. À nous trois, nous fouillerons le laboratoire, que je connais mieux que quiconque, tandis que Claudie, Marilou et Jocelyn ratisseront les recoins de la grande maison intelligente.

— Faites attention à Sésame, que je les préviens. C'est pas clair s'il est dans le coup, pis on sait pas de quoi il est capable.

— Hum. Gabriel? m'interrompt Marilou.

— Une minute, Marilou, j'ai presque fini. Je disais donc, que je reprends à l'intention du groupe, la priorité, c'est ma sœur. Une fois qu'elle sera en sécurité, vous fouillez partout, en bas, à l'étage, Philippe pourrait être n'impor...

— Non, regardez! insiste Marilou. C'est pas lui, ça? demande-t-elle en indiquant quelque chose par-dessus mon épaule.

Mon cœur se compresse dans ma poitrine. Un frisson m'électrifie le haut de la nuque. Lentement, le groupe et moi nous tournons vers les portes ouvertes du laboratoire, plusieurs mètres devant. Sur le seuil se tient la silhouette illuminée d'un homme portant un sac de voyage sur l'épaule et un casque sous le bras : c'est bien Philippe, l'air hagard, figé dans sa combinaison, qui nous remarque lui aussi.

Le temps se suspend.

— *GO!*

Paf! Le double de mon père largue le bagage à ses pieds. Sans la moindre hésitation, il part en flèche en direction de la maison. Nous décollons nous aussi. Ludovick prend les devants, plus rapide sur ses grandes jambes. Théo, Claudie et moi courons à sa suite, en milieu de peloton, pendant que Marilou nous suit derrière, au rythme de Jocelyn.

— Vite ! Il va nous embarrer dehors !

Le groupe augmente la cadence, tellement que je sens mon cœur battre dans le fond de ma gorge. Le claquement de nos chaussures sur le pavé. Le sifflement du vent dans mes oreilles. Un mécanisme s'enclenche lorsque Philippe, loin devant, franchit la double porte d'entrée : le verrou s'active pendant que s'opacifient les grandes fenêtres de la façade.

L'œil bionique de Sésame passe du vert au rouge ; la maison s'est fortifiée comme un château attaqué.

— Claudie ! Prends Joce pis Mari ! Faut passer par le *pit* !

— Merde ! réagit-elle en secouant la tête.

Elle ne doit pas avoir confiance d'y parvenir. Je la comprends, parce que moi non plus !

Ralentissant le pas, Claudie permet à nos deux amis de la rattraper. Elle les prend par la main pendant que, de mon côté, j'agrippe Théo. Par un effort olympien, lui et moi accélérons pour rejoindre Ludovick. Mes doigts effleurent le haut de son dos. Curieux, il tourne la tête vers l'arrière et je l'attrape par le bras. Une courte distance nous sépare de la maison. Quelques pas encore et nous nous buterons à une porte close. Une profonde inspiration, puis, laissant mes deux amis me guider dans l'obscurité, je ferme les yeux en expirant mon air : ça passe ou ça casse. La vibration envahit mes sens, qui s'embrouillent un instant.

— Attention !

Les gars mettent les freins. Nous nous arrêtons brusquement et je rouvre les yeux en glissant sur le sol : de la terre et des feuilles mouillées, mais sur un plancher de bois franc. Devant nous s'étire l'escalier central. Derrière lui, les branches de l'arbre transdimensionnel, qui transpercent les fenêtres et le plafond. Nous avons fait l'aller-retour à L'A1 pour réapparaître dans la maison.

Ba-da-bang ! Une série de coups retentit derrière nous. Les gars et moi sursautons, puis des gémissements se font entendre : ce sont Claudie et les autres, qui ont percuté la double porte de plein fouet.

Couilles ! Elle n'a pas réussi la manœuvre.

Je voudrais aller les aider, mais les voyants rouges de Sésame se braquent sur les gars et moi. Une sirène se déclenche, stridente et ponctuée par la voix synthétique du programme d'assistance domestique :

— Alerte maximale ! Alerte maximale !

—Gab! Regarde!

C'est Ludo qui m'appelle. Il indique un muret, qui s'élève à notre droite, entre notre position et le coin bureau. Partout dans l'aire ouverte, la table à manger, les chaises, le divan, les comptoirs, tout s'imbrique dans le plancher et les murs, qui se détachent et se réorientent dans un casse-tête chinois géant. Des cloisons glissent et se referment autour de nous, pour nous emprisonner comme des sardines dans une boîte en aluminium.

—Vite! Il faut monter!

Nous fonçons vers l'escalier, dont les marches et la main courante se rétractent dans le plafond. Ludovick et ses grandes échasses l'atteignent en premier. Il s'accroupit sous la structure en ascension pour nous faire la courte échelle. Théodore grimpe avant moi, puis je place un pied dans les paumes du rouquin, qui me soulève vers la main tendue du musicien à l'étage.

Celui-ci me tire à travers l'ouverture dans le plafond. Je me retourne pour rendre la pareille à Ludo, mais les dernières marches mobiles ont déjà disparu dans l'embrasure, qui se referme à vue d'œil autour de mon bras.

—Ludo! Saute!

—Je... Merde!

Je persiste jusqu'au dernier instant, mais en vain : le plancher sous ses pieds descend de plusieurs centimètres. Les cloisons se referment sur le rouquin, qui se recroqueville dans sa prison de plâtre et de bois.

— Couilles !

Je retire mon bras du trou, avant qu'un panneau ne le coupe en deux. Le plancher est scellé, Théodore et moi sommes piégés à l'étage.

— Qu'est-ce qu'on fait ? hurle-t-il, en panique.

— On trouve Philippe ! C'est la priorité !

Il veut ajouter quelque chose, mais il n'en a pas la chance : un cri de mort le réduit au silence, un appel à l'aide aussi terrifiant que familier.

Mon regard se plante dans le sien :

— NOÉMIE !

Glissant par terre, trébuchant, puis me relevant, je me rue vers la salle de jeux, qui nous a servi de chambre à coucher depuis notre arrivée, à ma sœur et moi. Théo me suit au pas, mais dès que je pénètre dans la pièce, vlan ! la porte se referme en claquant.

— Merde ! Théo !

Le musicien et moi sommes séparés. Il roue le battant de coups de pied, mais rien ne bouge. À la tête d'un bataillon il n'y a pas cinq minutes de cela, j'arrive seul au fil d'arrivée, sans armée ni amis. Pris au piège derrière les lignes ennemies.

— Eh bien, bonsoir, dit une voix derrière moi.

— Philippe...

Je me tourne face à la pièce, dans laquelle court et s'amuse une flopée d'enfants virtuels, les personnages holographiques d'une émission. Plongé dans la pénombre, l'endroit s'illumine au gré des couleurs émises par le projecteur, que le double de mon père n'a pas cru bon éteindre avant d'agripper ma sœur.

Caché derrière elle, il la tient par le cou avec son bras. Son casque est en place sur sa tête, les hologrammes se réfléchissent sur sa visière. Noémie, elle, n'y comprend rien. Les yeux confus, terrifiés, elle pleure et gémit, le sommant de la relâcher.

— Philippe! C'est terminé, lâche ma sœur!

— Gaby, Philippe, s'il vous plaît, bredouille-t-elle d'une voix tremblante, dites-moi ce qui... Argh!

Le ravisseur resserre son emprise sur elle.

—Ah! Fermez-la! Petit imposteur, il n'y a rien pour t'arrêter, pas vrai, Gabriel? C'est le professeur, je suppose, qui t'a montré comment voyager à travers les interférences?

Je gonfle le torse, porté par une confiance bien fragile.

— Ouais, c'est en plein ça. Moi aussi, ça m'a surpris. Une version honnête de mon père, j'aurais jamais cru voir ça un jour ! Mais le prof m'a tout dit, il y a plus nulle part où tu peux m'enfermer, maintenant.

Philippe a un de ses petits ricanements, nasal et mesquin.

— Ah oui, c'est ce que tu crois ? Le professeur t'a tout dit... Alors, je présume qu'il t'a aussi parlé des effets secondaires.

— Les effets secon... euh...

Ma bouche s'assèche. Ma tête s'allège. Comment ça, des effets « secondaires » ? Des effets du genre des somnolences de maman, quand elle prend ses médicaments ? Un sourire glacial sous sa visière, Philippe explose de rire.

— Ha ha ! Je le savais, le rat ne t'a rien dit ! Les interférences, Gabriel, plus longtemps tu resteras dans un univers étranger, plus fréquentes elles seront. La vibraveste est conçue pour accorder ta fréquence à celle d'un univers, mais surtout, elle sert à la verrouiller en place. Chaque fois que tu voyages entre les fréquences sans cette combinaison, la structure moléculaire de tes cellules se fragilise, comme la fibre étirée d'une vieille paire de bas évasée.

Le professeur. Je le revois me sourire, avec son air jovial. C'est donc pour ça qu'il m'a appris comment faire ! Et moi qui me suis laissé convaincre qu'il n'était pas sensible aux interférences, ce vieux lâche m'a sacrifié à sa place !

— Continue tes petits va-et-vient, Gabriel. Bientôt, quand tes amis te regarderont, ils pourront voir à travers tes atomes déréglés. Quelques voyages supplémentaires et tu disparaîtras complètement, car les particules qui te composent s'égareront pour de bon dans l'infini du multivers.

Cette fois, mes glandes salivaires s'affolent. La nausée me gagne. J'échange un regard avec ma sœur, qui, terrifiée par la prise du docteur, blanchit comme un drap dans l'eau de Javel. Les poings serrés, les molaires compressées, je me sens bouillir. J'avance d'un pas en déployant mes béquilles :

— C'est assez ! En marche !

Les tiges de métal jaillissent de mes manches.

— Tut-tut-tut ! fait-il. Pas si vite, jeune homme.

Il dégaine une arme sortie de nulle part – hein ? Un genre de pistolet énergétique dont la chambre luit du même bleu que le réacteur à fusion miniature. Un dispositif similaire à ceux recouvrant la combinaison interdimensionnelle tient lieu de canon.

Philippe le pointe contre la tempe de ma sœur. Celle-ci entre dans une panique sans nom, beuglant et frappant sur l'avant-bras qui la retient.

— OK! Hé! Attends! que je hoquette en rétractant mes béquilles.

Je lève les mains en l'air.

— Tu l'aimes? Le résonateur, l'ai-je nommé, celui-là. C'est vrai, je l'avoue, il n'y a jamais eu de bactérie mortelle. Toute cette histoire m'a quand même inspiré ce petit bijou de l'ingénierie: une pression sur la détente, et le résonateur identifie la fréquence résonnante de sa cible. Il la reproduit dans l'instant, puis... Eh bien, vous vous souvenez de ce qui est arrivé au verre d'eau vendredi.

— Arrête! s'écrie Noémie. Philippe! Laisse-nous partir, c'est pas drôle!

Le fou. Le fou furieux de couillon fêlé. Le regard noir, la peau bleuie par les voyants de son casque, il grimace de méchanceté pendant que ma sœur se débat sans relâche. Mais la vibraveste est renforcée, et il ne cligne même pas des yeux quand Noémie frappe sur son tibia à grands coups de talon.

Le double de mon père enfonce légèrement la détente, puis, sous les cris de ma sœur et les rires des enfants holographiques, un vrombissement s'élève dans la pièce. L'air se met à vibrer, mais le résonateur n'a rien à y voir : Claudie, Jocelyn, Marilou, Ludovick et Théo jaillissent du mur de gauche en vibrant à travers la matière.

Aussi supris que je le suis de les voir, Philippe se tourne de biais. Il tire ma sœur plus loin en maugréant dans son casque.

— Wow ! Doucement avec ça ! s'étonne Théo en voyant l'arme au poing du docteur. Pas besoin de blesser personne ce soir, OK ?

Claudie, à ses côtés, se rapproche prudemment de moi.

— Gaby ! J'ai réussi à passer ! On a grimpé dans l'arbre de la cuisine, pis Jocelyn est capable de changer sa fréquence, lui aussi ! C'est lui qui a sorti Ludo de son trou.

— Ah ben, sacrement ! s'insurge la brute au même moment. Noémie ! Toi, vieux fou, s'il lui manque un cheveu sur la tête...

Jocelyn dégaine sa matraque, qu'il avait insérée sous la ceinture de son pantalon. Il la brandit à bout de bras, tenant dans son autre main une boule de poils beige et haletante : Ti-Caca ! Il va déjà mieux !

— Restez où vous êtes ! les somme Philippe en resserrant son emprise sur ma sœur. Tous autant que vous êtes, un pas de plus et je vous pulvérise ! Elle la première !

Les pleurs de Noémie, la grogne de mes troupes, les aboiements du chien, les rires des enfants virtuels, la sirène incessante déclenchée par Sésame, c'est la cacophonie totale dans la petite salle de jeux de cette grande maison de verre. Mais à travers les sons et les bruits, tous ces mots et ces cris, il y a une chose que je perçois également : un souffle sautillant, le léger tremblement dans la voix du docteur.

C'est bien ça. Philippe a peur.

— Je vais la tuer ! insiste-t-il. Ce n'est pas ma fille, je n'en ai rien à faire !

Mais alors qu'il brandit son résonateur avec toujours plus de vigueur, je laisse tomber mes mains, que je gardais en l'air.

— Non, Philippe. Tu le feras pas.

Un silence tombe dans la pièce comme un sac de briques. Même les hologrammes du téléroman donnent l'impression de se taire pour m'écouter. Tous m'observent, incertains d'où me vient cette confiance soudaine. Il n'y a que les plaintes régulières de l'alarme pour ponctuer leur attente.

— Ah oui, me nargue le docteur, c'est ce que tu penses ?

Je ravale discrètement ma salive.

— Je le pense pas, je le sais. Tu me l'as dit toi-même, t'avais pas besoin de Noémie pour maquiller ton expérience. Mais t'as pas pu t'empêcher de l'emmener avec toi quand t'es tombé dessus, au *pit*.

— Et puis? jappe-t-il. Elle s'était blessée en tombant. Je n'allais pas la laisser là, je ne suis pas un monstre!

— Ah non? Ça fait que tu la soignes, tu t'en occupes pendant deux semaines, mais ce soir, tu menaces de la tuer. Méchante logique, ça, docteur! Pis moi, après ça? Moi non plus, je faisais pas partie de tes plans. Depuis le début que tu me regardes comme si j'étais une écharde dans ton pied.

Philippe grogne dans son casque. Il m'ordonne de me taire, mais j'ignore son avertissement. Je parle avec de plus en plus d'assurance, complétant chaque phrase d'un pas dans sa direction.

— T'as eu toutes les occasions de nous renvoyer chez nous ou de nous pulvériser avec ton petit résona-chose. T'aurais pu le faire quand on dormait. T'aurais pu le faire ce matin, au lieu de m'envoyer dans je sais pas quel univers. Mais tu l'as pas fait!

— Ce n'est pas si simple. Tais-toi...

Je vois clair dans son bluff. Il ne le sait que trop bien. J'avance, et lui recule, tirant ma sœur toujours plus loin, dans le fond de la pièce.

— Pourquoi, hein? Pourquoi, Philippe?

— Tais-toi, j'ai dit!

— Réponds !

À ce point, le double de mon père se retrouve acculé au mur. Mollement, hésitant, il lève son pistolet à vibrations vers moi, avant d'abaisser le bras comme s'il pesait une tonne, de le pointer vers le groupe derrière moi, puis d'hésiter de nouveau.

— On n'est peut-être pas les enfants que tu veux, Philippe. Mais on est tes enfants quand même.

— Toi, grogne-t-il entre ses dents, tu perds rien pour attendre.

— Pas de trouble. D'ici là, laisse ma sœur tranqui...

Je n'ai pas fini ma phrase qu'il se remet à sourire. Un large et sinistre sourire, qui, sous la visière bleuie de son casque, sillonne son visage déjà creusé par les cernes.

Hum. OK ? Mais qu'est-ce qu'il...

Philippe pointe le résonateur en l'air : ZOOM ! Il tire une onde sonore au plafond, qui se fissure. De grosses portions de plâtre et de poutres de bois cassées se délogent du plafond. Elles tombent autour de lui dans un nuage de poussière.

— Gaby ! Reste pas là ! me hurle Claudie.

Philippe appuie sur la touche d'envoi de la vibraveste.

— NON !

— N'essaie pas de me suivre, Gabriel. Sinon...

Comprenant trop tard ce qu'il complotait, je m'élance de tout mon corps vers lui et vers ma sœur, prisonnière de sa prise. Le regard affolé de celle-ci ne cesse de s'élargir, car elle aussi entend le vrombissement qui s'élève.

Elle aussi constate que je suis trop loin pour agir.

— NOÉMIIIE !

Un énorme morceau de plafond se détache au-dessus de ma tête, m'obligeant à plonger de côté. Il s'écrase où j'étais : BANG ! Des décharges énergétiques sont relâchées par la combinaison défaillante, et je n'ai d'autre choix que de protéger mon visage, alors que Philippe et ma sœur s'illuminent au milieu des débris.

Poussé par l'énergie du désespoir, j'étire un bras vers eux, mais il n'y a rien à faire. Tous deux disparaissent dans un éclat de lumière.

— NOOON !

Le plafond qui s'effondre. Les fenêtres qui explosent sous l'impact d'une poutre. Le toit qui menace de céder à son tour. J'entends des voix lointaines, qui m'intiment de les suivre afin que nous nous mettions à l'abri. Mais je ne les écoute pas. Étendu sur le plancher, pleurant et criant face contre terre, je n'ai que faire d'être aplati comme une crêpe.

Philippe a kidnappé ma sœur.

Encore.

Mes larmes se mélangent à la poussière sur mes joues. Le fracas de la destruction et les appels culminent en un bourdonnement confus. Je me recroqueville sur moi-même, lorsque des mains se referment sur mes cotons ouatés. Ce sont Claudie et Jocelyn, qui se sont risqués sous l'éboulement pour me rescaper. Un vrombissement grandit rapidement. Leur vibration m'emmène en lieu sûr.

CHAPITRE

21

Théodore et Ludovick grelottent d'un côté; Jocelyn, Marilou et Ti-Caca frissonnent de l'autre. Claudie ne me lâche pas d'une semelle lorsque se dissipe le brouillard quantique. Elle en tête, le groupe s'est frayé un chemin à travers les bois du *pit*, avant que les vibrations ne nous ramènent à L'A2, en plein centre du grand terrain du LAIR.

Le Laboratoire d'avancement et d'innovation pour la réhabilitation, aussi imposant et prestigieux qu'il l'était au premier jour. Dans les hauteurs de la tour rayonnent de multiples lumières, l'éclat de son enseigne dominant toutes les autres, comme une grande Étoile du Nord brillant à la cime d'un sapin de verre.

Face au laboratoire, la résidence a quant à elle perdu de son lustre, c'est le cas de le dire. Sous les hurlements de la sirène, partout à l'intérieur, les voyants rouges du programme d'assistance domestique clignotent dans leurs globes, fouettant le désordre des murs et des planchers segmentés de leur couleur sinistre. C'est sans compter l'effondrement partiel du toit et l'arbre transdimensionnel qui traverse l'arrière de la maison, comme si Jack y avait planté ses haricots magiques.

Je m'assois au pied d'un chêne, dépité. La tête enfoncée dans mes épaules, je croise les bras sur mes genoux repliés. Philippe a pris la fuite, emmenant Noémie avec lui pour lui servir de police d'assurance, et nous sommes prisonniers de son maudit univers, qui menace de nous atomiser à grands coups d'interférences quantiques : l'opération est un échec.

Ou non...

Je suis un échec.

Dès le départ, j'ai senti qu'un truc clochait. Le malaise de Philippe était palpable, les contraintes de Sésame m'ont inquiété sur-le-champ. J'aurais dû me fier à mon instinct, comme je l'ai toujours fait, plutôt que de jouer à l'autruche. Je ne voulais pas décevoir Noémie, j'avais peur de déranger mes amis. Pas moins crédule qu'un autre, je me suis laissé berner par la mascarade. Et maintenant, nous en payons tous le prix.

Claudie vient se blottir à mes côtés. Pour se « couper du vent », dit-elle. J'avoue qu'on se les gèle....

La reine déchue de L'A2 doit regretter d'avoir déchiré sa belle robe, aussi gênante était-elle. Elle tire sur le bas du vêtement pour tenter de recouvrir ses jambes frigorifiées. Pendant ce temps, les gars se réchauffent de la seule façon qu'ils connaissent : en se disputant avec de plus en plus de virulence.

— C'était quoi ça, Jocelyn Thibault ? Méchant combat, que tu nous as livré là ! commence Théodore sur un ton provocateur, en piétinant la pelouse.

— De quoi tu parles, le gratteux de guitare ?

— Tu sais très bien de quoi je parle. Toute la semaine, t'as regardé le monde avec une envie de leur casser la face. Mais quand c'est le temps d'agir, tu fais quoi ? « Toi, s'il manque un cheveu sur sa tête... », le nargue-t-il en imitant sa voix.

Mais Jocelyn n'est pas d'humeur patiente. Rougissant à vue d'œil, il a de la fumée qui lui sort par les oreilles.

— Il pointait son *gun* sur sa tête, bâtard de cul ! Que c'est tu voulais que je fasse ? Que je risque de la faire tuer pour nous donner une chance ?

— Je sais pas, moi ! C'est pas ta *job* de penser, c'est ta *job* de fesser !

Paf ! Jocelyn lui met une gifle en pleine gueule.

— Tiens, ma *job* est faite !

Théodore veut riposter, mais Marilou, qui se tenait prête à intervenir, s'interpose à ce moment. Elle le pique à la poitrine de la pointe de son archet, pendant que Jocelyn s'éloigne en se secouant les bras, sous le coup de l'adrénaline.

Je tourne la tête pour apercevoir Ludovick en bordure d'un parterre. Seul de son côté, il se défoule sur des cailloux, qu'il ramasse dans la rocaille blanche, avant de les lancer à la tronche des vivaces.

Le pauvre, il n'a jamais été très doué pour gérer ses angoisses. Parlant pour lui-même, il fait exploser les bulbes en répétant qu'il ne reverra plus jamais sa famille, qu'il ne sera jamais le grand cinéaste qu'il rêvait devenir.

— Hé! Gang, qu'est-ce qui s'est passé? fait une voix dans mon angle mort.

C'est Annabelle, qui s'amène au bras de Laurent. Tremblant de tout son corps, lui, il ne tiendra pas longtemps dehors, dans son petit pyjama en flanelle. Anna nous demande ce qui s'est passé dans la maison. Ni l'un ni l'autre des gars n'étant capable de calmement lui raconter la tournure des événements, c'est Marilou qui finit par s'en charger, au meilleur de sa compréhension.

Prise d'effroi, Annabelle fond en larmes en apprenant ce qui est arrivé à ma sœur. Elle se blottit dans les bras de Laurent, qui cale sa tête dans le creux de son épaule.

— Pis nous autres, comment on rentre à la maison? demande-t-elle en essuyant son visage sur le col de son pyjama.

Gabriel, les interférences, comme tu les appelles, t'as dit que c'était pas permanent, mais... On peut s'en servir pour aller chercher de l'aide, non ? On peut trouver un univers parallèle dans lequel on a réussi à arrêter ton père.

Je laisse s'échapper un soupir. La question que j'appréhendais...

— Non, on peut pas. Les interférences nous permettent juste de visiter les fréquences que nos cellules connaissent déjà.

Annabelle enfouit à nouveau son visage dans la flanelle. Elle avait oublié ce détail.

— Ouais, pis c'est pas tout, dis-je avant de marquer une pause, hésitant.

Tout un chacun se tourne vers moi, une expression curieuse mais inquiète se dessinant sur leur visage fatigué. Je déglutis nerveusement.

— Chaque fois qu'on voyage comme ça, que je reprends, sans la vibraveste pour réguler la transition... on endommage la structure de nos molécules.

Claudie, assise avec moi au pied du chêne, relève soudainement la tête. Elle me jette un regard déconcerté.

— Qu'est-ce que... Qu'est-ce que tu veux dire, ça « endommage » notre structure moléculaire ?

Nouvelle question. Nouveau soupir.

— Philippe me l'a dit tantôt, avant que vous arriviez. Voyager d'un univers à l'autre, en créant une interférence, ça va finir par nous tuer.

Instantanément, le mercure plonge de plusieurs degrés. Je peux sentir leurs regards de glace me brûler comme de l'azote liquide. Mes propres yeux, eux, semblent prendre feu. Une larme bouillante roule le long de mon nez qui renifle.

— Je m'excuse, tout le monde, je le savais pas...

Claudie passe doucement son bras autour de mes épaules.

— C'est correct, Gaby. Si t'étais pas venu nous chercher à l'école, on serait encore pris là. Pire que ça, on aurait pu passer la nuit au poste de police.

— Ouais. Pis le doc se serait poussé quand même, d'ajouter Jocelyn.

Ils ont raison, je le sais bien. Et c'est gentil de me pardonner si rapidement. Mais c'est une faible consolation, si l'on tient compte de l'épée de Damoclès que je viens de suspendre au-dessus de nos têtes.

Je les remercie timidement. Théo, au centre du groupe, semble s'être remis de sa gifle. Flottant dans son ample t-shirt, il chasse un frisson en reluquant son coton ouaté jaune, que Ludovick ne semble pas près de lui rendre.

— Bon ! s'exclame-t-il. Qu'est-ce qu'on fait maintenant ?

— Ouais, de l'appuyer le rouquin. Quelqu'un dans le quartier va ben finir par appeler la police, si l'alarme s'arrête pas bientôt. On peut pas rester ici.

Ludo dit vrai, il faut faire quelque chose. Mais quoi ?

Je repense aux mots d'Annabelle, qui déblatérait à l'instant : « Trouver un univers où nous avons réussi », a-t-elle suggéré. Ça, non, ce n'est pas possible, mais juste avant, elle proposait que nous allions chercher de l'aide...

Ti-Caca vient gambader entre Claudie et moi. Il grimpe sur mes cuisses, à la recherche de chaleur, et je me déplie légèrement pour lui permettre de se pelotonner. La pauvre bête, elle tremble presque aussi fort qu'elle le faisait quand... Oh.

Je relève lentement la tête, le regard fixé droit devant.

— Gab ? Ça va, mon gars ? s'informe Jocelyn.

— Ouais. Claudie...

M'appuyant sur le tronc d'arbre derrière moi, je me lève en lui confiant le chien.

— Je sais quoi faire. Rapproche ton char du LAIR.

Bien entendu, le groupe me bombarde de questions, mais je ne suis plus là pour leur répondre. D'esprit aussi bien que de corps. M'éloignant vers l'entrée du laboratoire auquel, je m'en doute, Sésame ne me donnera plus jamais accès, je provoque une interférence qui me fait vibrer à travers les univers. Une dizaine de minutes plus tard, quand je réapparais devant mes amis – qui m'attendent près de la barre de savon métallique, dans le stationnement –, je n'émerge pas seul du brouillard quantique : ma fidèle casquette sur la tête, je suis accompagné du professeur Landry, que je traîne de force en le tirant par sa barbe sale.

Le groupe le dévisage avec stupéfaction.

— Gaby ? Qu'est-ce que..., commence Claudie avant de se faire interrompre par les plaintes infantiles du pouilleux.

— Aoutch ! Gabriel, voyons ! Que t'a dit le docteur ? Je peux tout t'expliquer, lâche-moi, s'il te... Aoutch !

Il tire mollement sur ma main, mais je poursuis, impassible, mon chemin. Comprenant mon intention, Claudie commande à sa voiture de nous ouvrir les portières latérales. Chacun prend place sur les banquettes, puis je pousse le double de mon père à l'intérieur du véhicule.

Il se relève à quatre pattes sur le plancher, quatre gars le fixant à sa gauche, trois filles à sa droite. La matraque de Jocelyn et l'archet de Marilou plantés sous son menton l'invitent cordialement à réprimer tout geste brusque.

Je me dresse devant les portières ouvertes, croisant les bras sur ma poitrine pour me donner l'air balèze.

— Tout le monde, je vous présente le professeur Landry. Un double de mon père, lui aussi. Il a aidé Philippe à développer ses machines, mais lui, il se spécialise en bactériologie, pas vrai, professeur ? C'est lui qui a inventé les pilules servant à faire croire aux cobayes qu'ils étaient malades.

Tous s'étonnent dans un mélange de dégoût et de mépris. Tous sauf Jocelyn, qui, lui, est emporté par une colère soudaine. Il n'a pas oublié que Ti-Caca a accidentellement léché une de ses capsules :

— Toé, mon rat !

Il va pour lui en coller une, mais Marilou l'en décourage au dernier moment : il n'en vaut pas la peine. Le professeur sursaute en se protégeant le visage.

— Aaah ! Non ! Gabriel, s'il te plaît, plaide-t-il d'une voix nerveuse, dis-moi ce qui se passe. As-tu réussi à arrêter le docteur ? Où est la vibraveste ?

— Le docteur est parti. Il a la combinaison. Pis il a ma sœur.

Une tristesse presque sincère adoucit son regard.

— Oh, Gabriel... Je suis désolé de...

— Garde tes excuses, que je l'interromps. Philippe nous a dit, pour les interférences. Tu savais que c'était dangereux pis tu m'as rien dit ! Tu voulais pas *scrapper* ton corps, pis tu m'as forcé à le faire à ta place !

Le traître pâlit à vue d'œil. Ses yeux bleu-gris croisant ceux, furieux, des sept autres, il devient plus blanc encore que son vieux sarrau. Sa tête ébouriffée s'incline au bout de son cou cassé. Quand il la relève, le double pouilleux de mon père a les yeux humides, rougis par le remords. Son nez coule dans les poils grisonnants de sa moustache épaisse.

— Tu es jeune, Gabriel... Tes cellules sont bien plus résistantes que les mi...

Clac ! Marilou lui fouette la joue d'un coup d'archet.

— Aoutch ! s'écrie-t-il en couvrant la brûlure avec sa main.

— Il t'a dit de garder tes excuses, t'es sourd ?

Jocelyn, assis face à elle, écarquille les yeux, désarmé par la fougue de son amie aux longs cheveux noirs.

— T'es belle, échappe-t-il du bout des lèvres.

Sans relâcher la pression sur notre captif, la gothique sourit en coin, fière et timide à la fois. Ludovick et Théodore répriment un petit rire, puis c'est Claudie qui ramène les troupes à l'ordre.

— Gaby, qu'est-ce que tu veux faire avec lui ?

— Ben, me devance Jocelyn, pour commencer, il pourrait nous inventer une clé pis me débarrasser de ces menottes-là. C'est-tu correct, mon Gab ?

— Ouais. Bonne idée. Après ça, dis-nous donc, professeur Landry, la vibraveste a pas dû être inventée du premier coup, hein ? Pareil pour le vibrarium avant ça, non ? Il doit y avoir un paquet de prototypes qui traînent quelque part.

Il hésite un instant, puis acquiesce en hochant la tête, l'air de se demander où je veux en venir avec ma question.

— Excellent. Tu vas te mettre au travail pis nous faire autant de vibravestes fonctionnelles que tu peux avec les pièces que t'as.

Embêté, le professeur pince ses lunettes entre ses doigts pour les remonter sur l'arête de son nez luisant.

— Mais... mais Gabriel, je suis seul, je ne vois pas comment...

— Ah ! Tu veux de l'aide ? Tenez-le.

En disant cela, je sors de ma poche une petite fiole de solution jaune-orange, que j'ai cueillie en même temps que le professeur dans son laboratoire parallèle. Jocelyn, Théo, Ludo et Marilou le saisissent par les bras et les cheveux pour l'immobiliser. Je m'incline dans la voiture en débouchant la fiole, pour la rapprocher de ses lèvres frémissantes.

— Je sais que les effets sont temporaires, mais il y a une question que je me pose depuis tantôt : combien de temps tu vas chier en jet si je te la fais boire au complet ? Cinq jours ? Une semaine ? Si tu veux pas travailler sur les prototypes, on pourrait faire ça, à la place. Comme une petite expérience scientifique. Qu'est-ce que t'en penses ?

La panique dans son regard me porte à croire qu'offrir son corps à la science ne l'allume pas outre mesure.

— D'accord, ça va, je vais le faire. Gabriel, s'il te plaît, sois prudent avant ça...

Une bonne chose de réglée. Ou presque. Bientôt, nous aurons de nouvelles vibravestes en notre possession. Nous allons foutre le camp de cet univers une bonne fois pour toutes, et chacun pourra rentrer chez soi en sécurité.

Ou presque...

Je range la fiole dans une poche. Mes complices relâchent le double pouilleux, puis je me déplie hors de la voiture. Le groupe pressant le professeur de sortir, je me tasse de côté pour dégager l'ouverture des portières latérales.

— Au travail.

CHAPITRE 22

Le groupe et moi passons les jours suivants dans les locaux du LAIR. En exilant son double barbu dans un univers parallèle, Philippe n'avait pas cru bon révoquer son accès aux infrastructures. Le professeur était donc en mesure de contourner les mesures de sécurité et de réinitialiser le programme d'assistance domestique. Sésame et ses tendances meurtrières sont aussitôt redevenus des modèles de courtoisie et d'hospitalité.

Comme nous le craignions, des policiers, alertés par un voisin, viennent inspecter les dommages causés à la maison. Nous avions prévu le coup, par chance, rasant le pouilleux et le contraignant à passer pour son double docteur. Une histoire d'expérience ratée, deux ou trois termes scientifiques lancés ici et là, et ils repartent sans embrouilles, exigeant seulement de notre faux Philippe qu'il contacte ses assureurs au plus vite.

Une fois Jocelyn débarrassé des menottes, nous les mettons aux poignets de notre prisonnier pour nous assurer qu'il ne s'évade pas avant d'avoir rempli sa tâche. Une rotation des effectifs assure aussi que deux d'entre nous montent la garde jour et nuit, tandis que les autres se reposent aux étages supérieurs, dans les dortoirs aménagés qu'occupait l'équipe interdimensionnelle des doubles de Philippe pendant son séjour.

Là-haut, Laurent sélectionne un ensemble en coton ouaté, qui est déjà plus chaud que son pyjama en flanelle. Ceux qui ont abîmé leurs vêtements au combat s'emparent aussi de gilets et de pantalons propres. Moi, en revanche, j'en ai soupé du coton ouaté. Je demande à Sésame de m'indiquer où sont les vêtements que je portais à mon arrivée, il y a maintenant deux semaines. Mes jeans, surtout.

Je les trouve dans un cabinet mural, près du lecteur biomédical dans lequel je m'étais réveillé, ce matin-là.

Un après-midi que Claudie humilie Ludovick et Jocelyn à *Never Dead VI* – le mardi suivant la confrontation, il me semble, mais j'ai perdu le compte des jours –, Annabelle, à qui c'est le tour de surveiller le professeur en compagnie de Théo, apparaît à bout de souffle dans la salle de séjour : notre captif a complété le travail.

Impatients, fatigués de vivre à huit, entassés comme des sardines sur cet étage exigu, nous descendons au laboratoire en cinquième vitesse. En bas, Annabelle, Ludovick, Claudie, Jocelyn, Marilou et moi surgissons de l'ascenseur devant Théodore et le professeur, qui nous attendent derrière une des stations d'assemblage. Sur celle-ci reposent trois espèces de plastrons à l'allure aussi étrange que familière.

Nos... vibravestes ?

— C'est quoi, ça ? que je demande au professeur.

— C'est l'essentiel. C'est tout ce que je pouvais faire.

Les pièces me rappellent trois plastrons de motocross renforcés, avec leurs épaulettes et leurs plaques protectrices noires au niveau de la poitrine et des côtes. Les émetteurs fréquentiels avant sont disposés de manière symétrique autour du réacteur, comme ils le sont sur la combinaison de Philippe. Le réacteur est pour le moment éteint, encastré en plein centre des pectoraux.

— OK. Pis on fait quoi pour nos bras pis nos jambes ? demande Jocelyn. On rentre à la maison comme des hommes-troncs ?

— Ouais, pis les casques ? renchérit Ludo. Il y avait un respirateur, là-dessus, viens pas nous dire que c'était pas important !

Le professeur toussote.

— Bien sûr, ce l'était. Mais dans quelques situations seulement.

Ainsi, il nous explique que la vibraveste originelle et son respirateur remplissent des fonctions similaires à celles d'une combinaison spatiale en permettant au voyageur de survivre quelques minutes dans un environnement hostile aux humains. Le double astrophysicien de Philippe avait insisté pour qu'ils incluent ces technologies à leurs plans, par mesure de prévention. Si Philippe, par exemple, avait vibré trop loin sans le vouloir, dans un recoin éloigné du multivers où notre système solaire ne s'est jamais formé, il aurait risqué une mort atroce.

Ah ouais ? Dommage...

— Dans votre cas, vous ne partez pas à la conquête de confins inconnus. Vous rentrez à la maison. J'ai rendu accessible l'historique de toutes les fréquences visitées depuis le début de nos recherches, accompagnées de leurs coordonnées et des informations recueillies. Vous pouvez le consulter à l'aide de vos bracelets connectés. Ceux-ci vous serviront aussi de consoles de contrôle.

— Pour vrai ? Est-ce qu'on sait dans quel univers Philippe a emmené ma sœur ?

Dans mon esprit s'écrivent des scénarios de vengeance sanglants. Je m'emballe à la perspective d'une embuscade, mais pas longtemps : le professeur secoue la tête ; son double a brouillé les pistes avant de filer.

Couilles...

— Bon. OK! tranche Claudie en s'approchant de la station. Mais on en a juste trois? On est huit, ce sera pas assez.

Elle prend une veste dans ses mains pour l'inspecter de plus près.

— Trois suffiront amplement. Marilou ici présente n'est pas des vôtres, ne l'oubliez pas. Elle n'a qu'à vous accompagner, deux à la fois, puis revenir avec les vestes pour le duo suivant.

— Ah ouais. C'est vrai...

Je tourne un œil vers la gothique. Refusant de laisser paraître la moindre faiblesse, elle conserve une expression de glace. Si ses oreilles de loup étaient réelles, en revanche, je parie qu'elles s'abaisseraient vers l'arrière. Stoïque, lui aussi, Jocelyn étire discrètement une main vers elle. Il accroche son index au sien, et, d'un coup, je suis triste. S'il est vrai que j'ai perdu ma sœur dans cette aventure, bientôt, lui aussi perdra quelqu'un à son tour.

— Oh, et je n'ai pas saboté ces réacteurs-ci, bien entendu. Ils ne perdront aucune décharge énergétique. Y a-t-il une chose que je puisse faire pour vous? conclut le professeur en retirant ses lunettes pour se masser les paupières.

Nous échangeons des regards.

— Non, je pense pas.

— Bien. Alors, c'est un départ.

Autour de moi, dans le laboratoire, le groupe célèbre. Dans une heure au plus tard, nous serons rentrés à la maison, et ainsi se terminera notre aventure dans le multivers : sans ma sœur, les deux pieds au fond du *pit* et le sergent Duval à nos trousses.

Exactement comme elle a commencé.

Pour plusieurs d'entre nous, la confirmation du retour souffle comme un vent de soulagement, une bouffée d'air frais dans ce piège que nous croyions sans issue. Ludovick et Théo se tapent dans les mains, Annabelle et Laurent s'enlacent, et il y a Claudie, qui contemple son « précieux » bracelet connecté avec l'exaltation de Gollum. Si la couronne dont elle avait hérité ici lui manquera assurément, elle semble saliver en pensant aux dommages qu'elle pourra causer dans notre univers avec son nouveau jouet.

Pour les autres, cependant, Jocelyn et Marilou en l'occurrence, les célébrations se font plus discrètes. Ils cherchent à amoindrir leur peine – après tout, tout n'est pas si noir. La brute retrouvera son frère et sa sœur, de qui elle s'est particulièrement ennuyée. Puis elle retrouvera ses Jocelains. Mégane, Rosalie et la bande devraient rapidement lui faire oublier son amitié perdue.

S'armant de courage, la gothique aux oreilles de loup enfile une des nouvelles vibravestes, tandis que notre prisonnier ajuste la sienne par-dessus son sarrau. Puisque nous n'avons plus besoin de lui et parce qu'il vit dans un autre univers, le double de mon père est le premier à rentrer chez lui. Fin prêt à partir, celui-ci se tourne vers moi. Il passe une main nerveuse dans sa tignasse poivre et sel.

— Gabriel, dit-il après s'être raclé la gorge. Une fois encore, je suis sincèrement désolé. Pour tout. Je ne saurais imaginer ce que tu dois ressentir en ce moment, mais si ça peut te rassurer, j'en ai appris beaucoup sur moi-même ces derniers mois. C'est ce qui arrive quand on rencontre une armée de ses doubles, il faut croire !

Le professeur a un petit rire, que personne ne juge pertinent de lui rendre.

— Oui, bon. J'allais dire... Je ne suis pas l'homme le plus courageux, tu l'as constaté par toi-même. Et je n'ai pas rencontré une version de moi-même, ici, qui le soit davantage. Alors, je t'en prie, crois-moi quand je te dis que le docteur Landry n'est pas différent. Jamais il ne lèvera un doigt sur ta sœur. Rentre chez toi. Bientôt, quand la culpabilité l'aura suffisamment rongé, il te rendra Noémie. Je te le promets.

Il étire un sourire, comme s'il espérait que je le remercie.

Je fais signe à Marilou d'allumer son bracelet connecté. L'interface holographique est projetée au-dessus de son poignet.

Elle sélectionne la bonne destination, puis les réacteurs de sa vibraveste et de celle du professeur s'illuminent sur leurs sternums. Un vrombissement s'élève en écho dans le vaste laboratoire. Le professeur et elle s'embrouillent dans un éclat de lumière bleue.

Notre amie réapparaît deux ou trois minutes plus tard. Elle est seule, tenant le plastron du professeur entre ses mains. Aux amoureux, à présent.

— Vous allez voir, que je leur explique pendant qu'ils s'attellent, il va y avoir des grandes tentes blanches piquées autour du *pit*. Demandez à parler au sergent Duval. C'est lui qui est chargé de nous retrouver.

— OK !

Annabelle et Laurent font le voyage en se tenant la main, ce dernier ayant gardé de mauvais souvenirs de son calvaire entre les mondes, la semaine dernière. Marilou les amène à L'A1, puis elle revient chercher Ludovick et Théo, qui attendaient leur tour avec impatience. Ceux-là enfilent les vibravestes avec la même fébrilité qu'ils éprouveraient à La Ronde, en attachant les harnais d'un nouveau manège ultra-rapide.

Quand Marilou réapparaît, nous ne sommes plus que trois.

Claudie et moi revêtons les vibravestes qu'elle nous tend, tandis que Jocelyn passe dans son dos pour l'aider à retirer la sienne. Ti-Caca, qui reniflait ici et là, trotte jusqu'aux pieds de son maître lorsque celui-ci l'appelle. Ce dernier prend son chien dans ses bras afin de permettre à Marilou de le cajoler. Elle décolle son visage de sa truffe. Des larmes roulent jusque sur ses lèvres noires.

— Merde. Tu vas dire que je suis une chochotte…

— Une grosse chochotte, marmonne-t-il en essuyant ses propres yeux.

Ils se sourient affectueusement. Marilouve et ses fausses oreilles en peluche vont pour l'étreindre, mais Jocelyn l'arrête à mi-chemin. Il nous fusille, Claudie et moi, d'un regard assassin. Nul besoin de nous le traduire en mots : nous comprenons le message. Elle et moi leur tournons le dos, le temps que la gothique lui offre un baiser d'adieu.

Nous nous retournons au bout de quelques secondes. Tout heureux, les babines luisant de salive, Jocelyn glisse le pug sous son plastron, duquel il a allongé au maximum les sangles des attaches. Le pauvre chien halète, signe d'un léger inconfort, mais le voyage ne devrait pas durer longtemps.

Claudie et Jocelyn enfilent chacun leur gant de contrôle. Ils actionnent leurs bracelets connectés, face à Marilou qui vient m'offrir le sien. C'est le modèle de l'an dernier, argue-t-elle, elle prévoyait l'échanger de toute manière.

— Wow. Merci...

J'insère ma main gauche dans l'anneau de métal lisse, qui se resserre autour de mon poignet. Étonnamment, c'est la première fois que j'en essaie un depuis mon arrivée à L'A2, il y a près de deux semaines. Surprenant à quel point ils sont confortables, ces bidules-là. J'enfile un gant de contrôle et navigue sur l'interface de commandes holographiques de ma vibraveste. L'historique des fréquences syntonisées est projeté sous mes yeux.

Cette liste...

Une demi-douzaine de coordonnées et de notes répertoriées s'alignent les unes au-dessus des autres, aussi froidement que les colonnes d'un fichier Excel. Mais derrière ces chiffres et ces mots ne se cachent pas les résultats d'un problème mathématique insipide de secondaire trois, mais bien des univers tout entiers, plus vastes et plus uniques les uns que les autres, peuplés de millards d'êtres humains et de créatures en tous genres.

Et dans chacun de ces univers, le double d'un ami – de Claudie, de Ludo, de Jocelyn, de Théo, de Laurent et d'Annabelle –, perdu et terrifié. Un jeune de mon âge, chassé loin de chez lui par le double de mon père. Un homme sans honneur ni vertu.

Un homme sans courage...

— Gaby ? Qu'est-ce tu brettes ? me surprend Claudie.

Jocelyn et elle m'attendent, l'air interrogatif. Ils tiennent leur poignet en l'air, prêts à appuyer sur la touche holographique qui les transportera chez eux, dans les bras soulagés de leurs familles réunies. Je ferme les yeux. Derrière mes paupières apparaît un sourire apaisant, celui de Noémie. Puis viennent ses pleurs, qui résonnent en écho dans ma tête.

Ma peur est vive, mais mon impulsion l'est plus encore.

— Partez sans moi. Je rentre pas avec vous.

Jocelyn écarquille les yeux. Il n'en croit pas ses oreilles.

— Ben voyons! Qu'est-ce tu dis là?

— Gaby, dis-moi que tu niaises! ajoute Claudie.

Je voudrais les rassurer, leur répondre qu'ils m'ont mal compris, que c'est une farce, mais je n'en ai pas la chance : des larmes bordant mes yeux, ma tête se met par elle-même à osciller lentement de gauche à droite.

— Je dois y aller. C'est ma sœur...

— Je comprends, Gaby, raisonne Claudie, ça me fait de la peine à moi aussi, mais le professeur l'a dit, le docteur a effacé ses traces.

— Je sais.

— Ouais, pis c'est pas fou non plus, ce qu'il a dit après, argue Jocelyn. Le doc lui fera pas mal, il va la reconduire chez vous quand il saura plus quoi faire avec elle. T'as juste besoin de t'asseoir pis d'attendre !

— C'est vrai.

— Bon ben, embraye ! Programme ta veste comme du monde !

— Non...

J'essaie de ménager leurs émotions, je ne veux surtout pas les blesser, mais c'est hors de mon contrôle :

— Gaby, arrête ! C'est quoi, ton problème ? proteste la petite reine en s'avançant vers moi, les poings bien fermés.

— J'ai pas de problème, c'est juste... ma sœur, dis-je en haussant les épaules. Elle a déjà assez d'un père pis d'une mère qui l'ont abandonnée chacun à leur façon. Je veux pas faire pareil. Noémie a disparu, c'est ma responsabilité de la retrouver. C'est tout. Je sais pas encore comment je vais faire, mais... je dois quand même essayer.

Mes amis, songeurs, restent muets. Seuls le souffle de la ventilation et les halètements de Ti-Caca, sous le plastron de son maître, gardent le laboratoire d'un silence absolu.

— Pis, si vraiment il y a rien que je peux faire pour Noémie, ben...

Je pointe mon bracelet connecté, au-dessus duquel scintille l'historique des fréquences visitées précédemment syntonisées.

— D'ici là, il y en a d'autres que je peux aider. Vos doubles aussi doivent avoir hâte de rentrer à la maison.

Leurs regards ébahis se tournent vers les hologrammes de leurs propres bracelets. Les deux s'échangent un regard, Jocelyn pivote vers Marilou, qui nous observe sans rien dire depuis tout à l'heure. Dans ses yeux à elle brûle une confiance sans équivoque, qui ne manque pas de réchauffer sa moitié.

— Je viens avec toi.

Attends... Quoi ?

— Jocelyn, t'es sûr ? Pis ta famille ? Ton frère pis ta sœur, qui doivent pleurer depuis dix jours dans ton lit ?

— Ouais, je le sais, dit-il en retirant son chien de sous son plastron désajusté. J'ai hâte de les voir aussi, mais je peux pas dire que suis le meilleur grand frère, jusqu'à présent. Mettons que je leur donne pas toujours le bon exemple. Je peux faire mieux...

Sa vibraveste pendant mollement au bout de ses sangles, il se rapproche de Marilou, à qui il confie Ti-Caca. Elle le prend dans ses bras, le visage rayonnant de fierté.

— Je vais revenir, OK ? Tu vas en prendre soin ?

— Promis.

Une dernière embrassade, puis la brute au grand cœur – il me le ferait payer cher si je le disais à voix haute – vient se planter à ma gauche, droit comme un arbre. Claudie, face à nous, piétine nerveusement le sol. Indécise, elle mord sa lèvre inférieure en nous fixant dans les yeux, moi, Jocelyn, puis moi encore.

— Je t'oblige pas, Clau...

Elle s'esclaffe d'un rire sarcastique.

— Après tous les films qu'on a vus ensemble ! s'offense-t-elle. Tu penses que je vais te laisser partir sans moi pis aller jouer les Doctor Who dans le multivers pendant que je sèche dans ma chambre ? Tête de con...

Elle vient me flanquer un coup sur le biceps – aoutch ! Je rigole, Claudie camoufle un sourire en coin. Il n'y a plus de doute, la petite truande est bel et bien de retour : la reine est morte, longue vie à la reine !

Jocelyn ajuste sa vibraveste sur son ventre, et nous saluons Marilou à notre tour. Nous la remercions de nous avoir prêté main-forte à l'école. Claudie me demande quelle fréquence nous devrions syntoniser en premier. Je suggère de choisir la plus ancienne, celle où Laurent, le premier cobaye de Philippe, a été expédié.

— Il est là depuis plus longtemps, allons-y dans l'ordre.

— OK.

Marilou recule d'un pas. Elle nous envoie la main en tenant Ti-Caca, qui nous observe avec un de ses gros yeux croches. Jocelyn sélectionne les coordonnées choisies, Claudie aussi, et il n'y a plus de retour possible : je touche au bouton virtuel, mettant en marche le réacteur au centre de ma poitrine. Son éclat bleu se diffuse, le vrombissement débute.

C'est un départ. Elle, lui, moi. Mes amis. Unis dans le néant, nous disparaissons dans le champ quantique, emportés par la vibration.

Seuls au monde, mais pas vraiment.

ÉPILOGUE

Pouf! Je chute dans la neige.

— Hein? Qu'est-ce que...

Claudie et Jocelyn, qui se sont matérialisés à mes côtés, se sont également enfoncés dans la neige, enfouis jusqu'à la fourche dans cette vaste étendue de poudre blanche, qui s'étire à perte de vue. Le ciel est sombre, privé de soleil, comme s'il avait été enveloppé dans une couche de ouate cendrée. Un vent glacial souffle entre nos côtes, que nos vibravestes renforcées ne protègent naturellement pas du froid.

— Claudie, Joce! Où est-ce qu'on est? Il est où, le *pit*? Ils sont où, les arbres?

— Maudite marde blanche! se contente de beugler Jocelyn, en creusant à mains nues autour de ses jambes pour essayer de les dégager.

Plus petite que moi encore, Claudie a pour sa part de la neige jusqu'à la taille. Les bras tendus vers nous, elle demeure immobile, craignant peut-être que la poudreuse ne l'avale à la manière de sables mouvants si elle gigote un peu trop.

— Les gars, aidez-moi!

Saintes couilles du pape! Dans quelle version tordue de L'Avenir a-t-on abouti pour qu'il y ait autant de neige en octobre? Il doit faire moins trente ou moins quarante degrés ; je n'ai jamais eu aussi froid de ma vie.

J'étire une main vers Claudie, qui allonge ses doigts vers les miens, mais ce faisant, je m'enlise davantage. De la neige s'infiltre dans les ouvertures de mes pantalons et de mes manches ainsi que dans mes souliers de course. Je parierais que mes bras et mes jambes gagnent une engelure à chaque seconde qui passe.

Je me recroqueville sur moi-même, frigorifié, puis il me vient une idée pour sortir mon amie de son trou sans creuser ma propre tombe glacée : ma béquille ! J'ai gardé un brassard à mon avant-bras droit, en cas de besoin.

— En marche !

La tige de métal rouge jaillit de ma manche. Claudie s'y agrippe et Jocelyn aussi. Dans une chorégraphie aussi laborieuse qu'elle en a l'air, nous tirons la béquille chacun vers soi, essayant tant bien que mal d'utiliser le poids des autres pour nous hisser à la surface.

— Merde ! Tirez !

— J'essaie !

— Chochottes !

Mais la méthode n'est pas efficace. Je sens mes muscles se durcir, mes mains glacées menacent de voler en éclats. J'ai les poumons qui s'enflamment. Il devient de plus en plus difficile de respirer, comme si, à nous trois, nous avions aspiré tout l'oxygène qu'il y avait dans l'air.

Nous redoublons d'ardeur, mais ça ne pourra pas durer : déjà, je sens mes forces me quitter. Ma vue, mon ouïe, mon toucher, tous mes sens se dégradent à la vitesse grand V. Bientôt, je perdrai connaissance. Je donne un ultime coup, les yeux clos pour une meilleure concentration, puis c'est alors que je sens mes deux compagnons lâcher prise.

— Hé !

Je rouvre les yeux et découvre Jocelyn et Claudie figés dans leurs trous, l'air terrifié, les yeux affolés rivés vers un point au-dessus de ma tête. Grelottants, le visage rougi par l'effort et le froid arctique, ils lèvent prudemment leurs mains en l'air, comme s'ils étaient tenus en joue par la mire d'un...

Clic ! Un cliquetis métallique retentit derrière mon oreille.

Qu'est-ce que c'est que ça ? Craintif, méfiant, je tourne doucement la tête pour comprendre d'où provient le bruit. Ce que je vois sous le ciel cendré est un homme – ou une femme – emmitouflé dans d'épais habits nordiques blanchâtres. Sous son grand capuchon et ses foulards siffle le filtre d'un masque respiratoire à la visière teintée. Et de ses mains gantées, il pointe sur moi une carabine de chasse.

Eh, couilles...

À suivre...

Suivez-nous
sur Instagram
les_editions_les_malins

TOUS LES LIVRES DES MALINS
SONT ÉGALEMENT DISPONIBLES
EN FORMATS NUMÉRIQUES